猿が啼くとき人が死ぬ

西村京太郎

JN054562

双葉文庫

目次

第一章　一つの事件、二人の死　7
第二章　日光　53
第三章　パイロットを追う　99
第四章　組織　143
第五章　人形　187
第六章　伊豆東海岸　230
第七章　死の遊覧飛行　273

十津川警部
猿が啼くとき人が死ぬ

第一章　一つの事件、二人の死

1

窓から、明治神宮《めいじじんぐう》の森が間近かに見えるマンションの一室で、若い男女が死んでいるのが発見されたのは、九月二十八日の午後五時すぎである。

発見者は、このマンション、メゾン原宿《はらじゅく》の管理人で、死体の様子から、殺人の疑いがあり、警視庁捜査一課が出動した。

七階708号室は、2DKの広さで、この部屋の主の名前は、広川克樹《ひろかわかつき》、三十歳。独身のサラリーマンだった。

広川は、月刊誌「トラベル日本」の記者である。

月末で、デスクに命じられていた原稿を書きあげなければならないのに、出勤せず、電話にも出ないので、デスクがマンションに電話をかけ、管理人に部屋を見てきてくれと頼んだのが、死体の発見に繋がったのだ。

広川は、布団《ふとん》の上にパジャマ姿で仰向けに倒れており、その上に、二十五、六歳の女が蔽《おお》いかぶさる感じで死んでいた。

おびただしい出血で、布団が真っ赤に染まり、その上、広川の青いパジャマまで血に染まっているので、刑事たちは、最初、二人とも刺されるか、自分で刺して死んでいるのだと、錯覚した。

しかし、よく見ると、血を流しているのは、上になった女のほうだけで、下になった広川は、薬物死であることがわかった。

女は、包丁で左手首を切っていて、おそらく、失血死だろうと思われた。

血のついた包丁は、近くに転《ころ》がっていた。

女のものと思われる白のハンドバッグは、なぜか、玄関の隅で見つかり、なかに入っていた運転免許証から、彼女の身元が判明した。

名前は、中村《なかむら》かおり。二十五歳。住所は、渋谷《しぶや》区初台《はつだい》のマンションである。

だが、これだけでは、彼女の職業も、広川との関係もわからない。

刑事たちは、まず、この二つの解明に全力をあげることにした。

十津川警部は、西本と日下の二人の刑事を女のマンションに向かわせる一方、現場の部屋を入念に調べることにした。

机の引き出しからは、何通もの手紙や、アルバムが見つかったが、肝心の中村かおりの手紙や、写真は見つからなかった。

それを不自然と思う刑事もいたし、最近の男女関係は、こんなものだろうという刑事もいた。

机の上には、広川が来月号の「トラベル日本」に載せる予定だった原稿と写真が置かれていた。

原稿のタイトルは「日光《にっこう》猿軍団観察記」で、十八枚の短いものだった。五枚の写真も、日光猿軍団を写したものである。

机の上には、ほかに、睡眠薬の瓶が置かれていた。なかの錠剤は、三分の一ほどしか入っていない。

広川の死が、睡眠薬の大量使用によるものであることは想像された。

「広川がパジャマ姿で睡眠薬で死に、中村かおりが服を着ていて、包丁で手首を切って死んでいるというのは、どうも、ぴんときませんね。愛し合う二人が心中したというにしては、違和感があります」

と、亀井がいう。

「必ずしも、おかしいとばかりはいえないよ」

と、十津川はいった。

「そうでしょうか？」

「こう考えれば、説明はつくんだ。広川は何か悩みがあって、パジャマ姿で寝ようと思っていたのに、自殺の誘惑にかられ、睡眠薬を大量に飲んで死んでしまった。恋人の中村かおりは、広川の様子がおかしかったので、心配になってきてみると、広川が死んでいるのを見て、ショックに襲われた。ハンドバッグが入口にほうり出されているのは、彼女が、慌てて部屋に飛びこんだことを示している。彼女は、恋人の死に動転し、後追い心中を図り、キッチンから、包丁を持ってきて自分の手首を切り、広川の体に折り重なって亡《な》くなった。そう考えれば、納得できないこともないよ」

「それを警部は、信じられているんですか？」

亀井は、見透かすようないい方をした。

十津川は苦笑して、

「そういう推理も成り立つということさ」

と、いった。

中村かおりのマンションに回った西本たちからの報告も、芳《かんば》しいものではなかった。

彼女のマンションは、1DKの部屋で、OLらしいとわかったが、彼女の部屋をいくら調べても、広川との関係を証明するようなものは、何も見つからないというのである。

「夜が明けたら、彼女の勤め先へいって、話をきいてきます。広川との関係が、出てくるかもしれません」

と、西本はいう。

「彼女の勤務先は？」

「四谷《よつや》にあるRという旅行社です」

「それなら、広川は旅行雑誌の記者なんだから、知り合いでもおかしくないな」

と、十津川はいった。

「そうなんですが、彼女の部屋には、広川の手紙も、写真も、名刺も、ありませんでした」

と、日下がいった。

もちろん、それでも親しい関係だったということはあり得るだろう。

翌日、西本たちをその旅行社にいかせ、十津川は、亀井と、広川が働いていた出版社を神田《かんだ》に訪ねた。

2

二人は、田島《たじま》というデスクに会った。

「広川君が心中するなんて、信じられませんでした。とにかく、びっくりしています」

と、田島はいった。

テレビのニュースのなかには、心中事件と報道したものもあったから、田島は、それをいっているのだろう。十津川は、その言葉には、反論も、同意もせず、

「広川さんは、この原稿を書いていたんですか？」

と、机の上にあった原稿と写真を見せた。

田島は、それに目を通してから、

「日光猿軍団ですか――」

と、溜息をついた。

「喜んでいませんね」

「日光猿軍団は、これだけ有名になってしまって、もう、新鮮なネタじゃありませんからね」

と、田島はいった。

「しかし、あなたが取材させたんでしょう？　それとも、広川さんが勝手に書いたんですか？」

「このことが、何か、今度の事件と関係があるんですか？　それに、彼は、若い女と心中したんでしょう？」

「その心中に妙なところがあるんで、調べているんです。この原稿は、あなたが頼んだんじゃないんですか？」

「今も、新鮮なネタじゃないと、いったでしょう？　僕が、こんなことを取材させるはずがないでしょう。実は、彼が、すごい話があるというので、それを期待して、待っていたんですよ。それが、日光猿軍団とはねえ」

と、田島は、小さく肩をすくめた。

「そのすごい話というのは、どんなことなんですか？」

と、亀井がきいた。

「それを、広川君は、いわないんですよ。思わせぶりでね。取材にもいったんだが、まさか、日光猿軍団の取材だったとはねえ」

田島は、また、溜息をついた。

十津川が黙っていると、田島は「それに――」と、言葉を続けて、

「日光猿軍団というのは、確か、去年の十月に、彼が書いてきて、没《ぼっ》にしたやつですよ」

と、いった。

「じゃあ、去年、広川さんが書いた原稿ですか？」

「書き直してあるかもしれませんがね」

「しかし、広川さんのマンションの机の上に載っていたんですよ」

と、亀井がいった。

「それなら、すごいという原稿ができなくて、苦しまぎれに、去年、没にしたやつを持ってくるつもりだったのかもしれませんね」

「ところで、中村かおりという女性をご存じですか？」

と、十津川はきいた。

「それ、広川君と心中した女でしょう？　テレビのニュースで見ましたよ」

と、田島はいう。

「前に、見たことはありますか？　広川さんから名前をきいたことは、ありませんか？」

「ありませんねえ」

「四谷のRという旅行社のことは、どうですか？」

「名前は、しっています。うちの雑誌の関係で、うちの人間が取材したことが、あるかもしれません」

「中村かおりは、そこの人間です」

「ああ、それで、広川君と親しくなっていたということですか」

田島は、小さくうなずいた。

「それは、まだ、はっきりしていませんよ」

と、亀井がいった。

「しかし、二人は心中したんでしょう。それなら――」

と、田島はまだ、いっている。

「二人が、心中するような仲だということは、まだ、証明されていないんです」

と、十津川はいった。

「じゃあ、なぜ、彼のマンションで、二人が、死んでいたんですか？」

と、田島は首をかしげた。

「誰かあなた以外に広川さんのことをよくしっている人はいませんか？　特にプライベイトな面を」

と、十津川はいった。

そのあと、紹介されたのは、同じ記者のひとりで、同じ時期に入社した、井上《いのうえ》という若い男だった。

十津川は井上を出版社の傍にある喫茶店へ連れていった。デスクの前では話しにくいこともあるだろうと思ったからだった。

「彼とはよく飲みにいきましたよ」

と、井上はいう。

「そんな時、広川さんとどんなことを話したんですか？」

と、十津川はきいた。

「普通のサラリーマンが飲んで話すことですよ。記事のこと、上司の悪口、そして女のこと」

と、井上は笑った。

「中村かおりという女のことをきいたことはありますか？」

と、十津川はきいた。

井上は、運ばれてきたアイスコーヒーを一口飲んでから、

「女の話はよくしたけど、その名前はきいたことがないなあ」

「彼女は、四谷のR旅行社のＯＬです」

「それなら顔ぐらいは、しってたかもしれませんね」

「だが、名前をきいたことはない？」

「ええ」

「彼女が、広川さんと一緒にいるところを見たことは？」

「それも、ありませんね」

と、井上はいった。

広川が、よくつき合っていたのは、スナックやバーの女だったと、井上はいった。

「広川さんが、来月号に載せる記事の原稿を書いていたんですが、日光猿軍団についてのことで、デスクはがっかりしていましたがね」

と、十津川はいった。

井上は「へえー」と声を出し、

「それなら、デスクががっかりするのが、当然ですよ。でも、おかしいな」

「どうおかしいんです？」

「彼、すごい記事を書くと張り切っていましたからね」

と、井上はいった。

「広川さんが、どんな記事を書くつもりだったか、わかりますか？」

「それなんですがね。思わせぶりにいうんで、何回もきいてみましたよ。しかし、にやにや笑って、雑誌が出たら、見てくれよといって、教えてくれないんですよ」

と、井上はいう。

「はったりということは、考えられませんか？」

と、亀井がきいた。

「僕には、そうは思えませんでしたね。はったりなら、彼は、あることないこと、大風呂敷《おおぶろしき》を広げて見せたんじゃありませんかねえ。それに、彼は、実際に、取材にいってるんですよ」

「どこへですか?」

「はっきりした場所はいわなかったけど、北関東へいくといっていたのは、覚えているんです」

「北関東というと、群馬《ぐんま》、栃木《とちぎ》が入りますね?」

「ええ」

「日光も、入るんじゃありませんか?」

「だから、日光猿軍団ですか。しかし、彼は、去年、日光猿軍団は取材して書いて、没にされてるんですよ。だから、また、取材にいくとは、思えませんがねえ」

と、井上はいった。

確かに、そのとおりだろうと、十津川は思った。

第一、一回没になった記事のために、わざわざ、取材にいったり、すごい記事なんだといったりはしないだろう。

「広川さんは、スナックやバーの女とよくつき合っていたといいましたが、特に親しくしていた女をしりませんか?」

と、十津川はきいた。

「新宿《しんじゆく》のスナックの女の子と、彼のマンションで会ったことがありますよ。確か、綾《あや》ちゃんと、彼は、呼んでましたね」

と、井上はいった。

「彼の部屋で、会ったんですね？」

「そうです。二十七、八で、ちょっとすれた感じの女でしたね」

「何というスナックか、店の名前は、わかりますか？」

「いや。きいてません。ただ、福井《ふくい》の生まれだと、彼女自身がいってましたね」

「ほかに、彼女について知ってることは、ありませんか？」

と、十津川はきいた。

「何かあったかなあ。ああ、彼が、あの女はいい体をしてるんだが、やたらと金をほしがるんだと、苦笑してましたね」

「どんな顔をしている女でした？」

と、亀井がきいた。

「そうですねえ。ちょっと、タレントのT・Kに似てますよ。背の高さは、百六十五センチくらいあったかな」

と、井上はいった。

3

十津川と亀井は、いったん、捜査本部に戻った。

西本と日下も帰ってきて、R旅行社で調べたことを報告した。

「中村かおりの上司は、彼女が、広川のところで死んだことに、びっくりしていました。彼との結びつきが、意外だったようです」

と、西本が話した。

「その上司は、広川のことをしっていたのか?」

と、十津川はきいた。

「広川が働いている雑誌に、広告を載せたことがあったりして、二、三回、会っているとはいっていましたね。広川が、訪ねてきたこともあるから、その時、彼女と知り合ったんだろうが、しかし、心中するような仲になっていたとは、まったく気がつかなかったと、いっていました。彼女の同僚の女子社員にも、話をききましたが、一様に、びっくりしていますね」

と、西本はいった。

「二人が、まったく関係がないということは、いえないわけだな？」

「そうです」

「中村かおりは、どんな女だと、R旅行社の連中はいっているんだ？」

と、亀井が二人にきいた。

「死んだということで、悪くいう社員はいませんね。実際にも、真面目で、どちらかというと、おとなしい女性だったようです」

と、日下がいった。

「異性関係は、どうなんだ？」

と、亀井が続けてきく。

「年頃ですから、まったく、男関係がなかったとはいえないようですが、特定の恋人がいたということはきいていないと、どの社員も、いっています」

と、西本がいった。

「すると、広川と中村かおりが、関係がなかったともいえないわけだね？」

と、十津川がきいた。

「そうです」

「そこをもう少し、確かめてほしいね」

と、十津川は西本たちにいった。

そのあと、十津川は亀井を連れて、夜の新宿に出かけた。

広川と関係があったと思われる、綾という女に、会うためだった。

ただ、新宿の盛り場で、彼女の働いているスナックを見つけ出すのは、大変だった。そこで、新宿歌舞伎町《かぶきちょう》の交番にいき、そこにいる警官に、捜してもらうことにした。

綾という店での名前、二十七、八歳という年齢、タレントのT・Kに似ている顔、百六十五センチくらいの身長などを伝えて、交番で、待つことにした。

一時間ほどして、警官が戻ってきて、

「わかりました。綾という名は、水商売の女によくあるんですが、十津川さんのいわれるような女は『ブルースカイ』というスナックにいる女のようです」

と、いう。

「その店に案内してくれ」

と、十津川はいった。

警官が、二人を連れていったのは、雑居ビルの地下にある店だった。ママと三人の女の子だけの小さな店で、奥には、カラオケのセットがあった。

三人は入っていき、店のなかを見回したが、綾と思われる女の姿はなかった。

客は四人ほどいて、ひとりがカラオケで唄《うた》い出した。

その音の大きさに、十津川は、閉口しながら、ママに警察手帳を示して、

「綾さんに会いたいんだが」

と、いった。

「彼女なら、もう、いませんよ」

と、ママはいう。

「いない？」

「ええ。今日、突然、電話をかけてきましてね。やめるって、いうんですよ」

「やめて、どうするといっていました？」

と、十津川はきいた。

「故郷《くに》へ帰ると、いっていましたよ」

「故郷って福井？」

「ええ」

「なぜ、急にそんなことをいってきたんだろう？」

「さあ。今どきの女の子は、わがままで気紛れですからねえ」

と、ママは小さく肩をすくめて見せた。

「福井のどこかわかりますか？」

「しりませんよ」

「彼女の本籍地だが」

「ええ。でも、女の子を入れるのにいちいち履歴書を書かせるわけじゃありませんからねえ」

と、ママはいう。

「水商売が、合わなかったということは、なかったんでしょう？」

十津川がきくと、ママは笑った。

「あの子が、水商売以外に、何かできることがあるとは、思えませんけど」

「それなのに、なぜ、急にやめたんだろう？」

「きっと、お金が溜《た》まったからじゃありませんか」

と、ママはいった。

「金が溜まったら、故郷に帰ると前からいっていたのかね？」

と、亀井がきいた。

「そんなことをきいたことがありましたからね」

「ここで働くようになって、何年だったの？」

「一年半くらいだったかしら」

「それで、満足するほど、金が溜まったのかね？」

「どうですかねえ。故郷に帰るというのは嘘で、もっとお金の溜まるソープにでも、移ったのかもしれませんよ」

と、ママはいった。

「それなら、黙ってソープへいってしまうんじゃないかな？　わざわざ、故郷へ帰るなんて、断らずに」

と、十津川はきいた。

「そうねえ。あの子がわざわざ断ってくるなんて、考えてみれば、おかしいんだわ」

「だから、本当に故郷の福井へ帰ったんじゃないかな」

と、十津川はいった。

「そうだけど――」

「福井のどこか、わかりませんか？」

と、十津川は、もう一度、きいた。

ママは、店の女の子たちにもきいてくれたが、福井県の芦原《あわら》温泉の近くらしいというところまでしか、わからなかった。

十津川は、綾の住所をきき、そのマンションにいってみることにした。

場所はJR新大久保《しんおおくぼ》駅から、歩いて十五、六分のところで、1DKのマンションだった。

しかし、彼女はすでに引っ越してしまっていた。

管理人にきくと、今日の昼すぎに、突然、引っ越すといってきたのだという。

「なんでも、故郷へ帰ることになったので、部屋の調度品なんかは、適当に始末してくれといわれましてね。スーツケース一つだけ持って、出ていきましたよ」

「故郷は福井でしたね？」

と、十津川は、確認するように、きいた。

「ええ。そんなふうに、きいていますよ」

「福井のどこか、詳しいことはわかりませんか？」

「ちょっとわかりませんねえ」

と、管理人はいった。

十津川は、綾が使っていた部屋を見せてもらった。

なるほど、テーブルや、衣裳ダンスなどが、そのまま置かれてあった。十津川と亀井は、どこかに、彼女の詳しい故郷の住所を書いたものがないかと、捜してみたが、見つからなかった。

「故郷に帰ったというのは、どうやら、本当みたいだな」

と、十津川は、マンションの外に出てから、亀井にいった。

「金の儲かるソープに移ったのではないということですか？」

「ああ、そうだよ。ソープやヘルスなんかに移るのなら、わざわざ、引っ越す必要はないだろう」

と、十津川はいった。

二人は、パトカーに戻った。

亀井が、車をスタートさせてから、

「しかし、一年半じゃあ、満足するほど、金が溜まったとは思えませんがね」

「たぶん、急にお金が入ったんだよ」

と、十津川はいった。

「大金がですか」

「それに、事件の直後に、突然、スナックをやめているのも、引っかかるじゃないか」

「誰かに、大金をもらったということですか？」

「その金と引き換えに、東京から姿を消せと指示されたということだって、考えられる」

「ということは、彼女が、今回の事件に、大きく関係しているということになってきますね」

「カメさんだって、そう考えているんだろう？」

「広川が殺されたとすれば、誰かが睡眠薬を飲ませたことになります。綾という女は、彼の部屋にいたことがあると、彼の友人が証言しています。そんな女なら、疑われずに、何かに混入した大量の睡眠薬を飲ませることができたでしょうからね」

と、亀井はいった。

「その報酬に、大金をもらったのかもしれない」

と、十津川はいった。

「しかし、綾が大金をもらって、広川を殺したんですかね？　その上、心中に見せかけようと、ＯＬの中村かおりまで、殺しています」

亀井は、いまいましげに、いった。

男女二人が殺されたのに、動機も、容疑者も、はっきりと浮かんでこないのである。

十津川たちが、捜査本部に戻ると、現場周辺の聞き込みに当たっていた三田村と北条早苗の二人が、

「妙な話を耳にしました」

と、十津川に報告した。

「妙な話？」

「そうなんです。広川のマンションで、ほかの住人の聞き込みをやったんですが、隣の部屋の男が、二十七日の午後九時半頃、猿が啼《な》く声をきいたというんです。小杉《こすぎ》という二十八歳のサラリーマンです」

と、三田村がいい、早苗がうなずく。

「猿？」

思わず、十津川はきき返した。

「そうです。キー、キーと、やかましく猿が啼いていたというんです」

「それは、テレビ番組で、猿の群れを、その時、放映していたんじゃないのか？

野生の何とかいう番組でだよ」

と、十津川はいった。

「小杉という男も最初はそう思ったそうです。それで、あとから、テレビ番組を調べてみたが、午後九時半頃に、動物を扱った番組はやってなかったといっています」

「猿か。ほかに、猿の啼き声をきいたという住人はいるのかね？」

と、亀井が二人にきいた。

「今のところは、小杉というサラリーマンだけですわ」

と、早苗がいった。

「神宮の森に、猿がいたかな？」

十津川が呟いた。

「いないでしょう。いたという話を、きいたことがありませんから」

と、三田村がいう。

「ちょっと待ってくれ」

と、十津川はいい、広川と中村かおりの司法解剖の結果が出ていたのを思い出し、その報告書を手に取った。

広川の死因は、睡眠薬を大量に飲んだことだとある。ほかに、胃のなかにアルコール分が残っていたとも、書かれていた。

おそらく、睡眠薬をウイスキーか、ブランデーに溶かして、飲んだということなのだろう。それなのに、テーブルの上には、睡眠薬の瓶だけがあり、ウイスキーやブランデーの瓶も、グラスも、なかった。

何者かが、というより、広川に飲ませた人間が、持ち去ったのだろう。

中村かおりのほうは、失血死とあった。

十津川が、興味を持ったのは、二人の死亡推定時刻だった。

広川は、二十七日の午後十時から十一時で、中村かおりは、午後十二時から翌日の午前一時までと、あった。

やはり、二人は、一緒に死んだのではなく、広川が先に死に、あとから中村かおりが死んでいるのだ。

十津川は、その解剖報告書を、亀井に渡してから、三田村と早苗に向かって、

「広川が死んだのが二十七日の午後十時から十一時までというと、その前に、猿が啼いたということだね」

と、いった。

「そうなりますね。広川は、猿の啼き声をきいたあと、死んだことになります」

と、三田村はいった。

「猿が啼いて、人が、二人も死んだか――」

と、十津川は呟いてから、

「その小杉というサラリーマンの証言は、信用できるのか？」

「彼と話した限りでは、虚言癖もなさそうですし、普通のサラリーマンに見えましたが」

と、三田村はいった。

「彼は、どのくらいの時間、猿の啼き声をきいたと、いってるんだ？」

「五、六分を、二回だそうです」

と、早苗がいった。

「猿の啼き声か――」

十津川は、また、呟いた。どう解釈したらいいか、わからなかったのだ。

4

広川は、日光猿軍団について原稿を書いていた。

それは、どうも、一年前に書いて、デスクに没にされたものらしいのだが、猿ということが、気になってきた。

十津川と亀井は、翌日、念のために、小杉というサラリーマンに会ってみることにした。

彼がN電機の総務部にいるとききき、十津川たちは大手町《おおてまち》にあるN電機の本社にいき、小杉に会った。

確かに、普通のサラリーマンで、嘘をついて、人をからかうような男には見えなかった。

「二十七日の夜、九時半頃、猿が啼く声をきいたそうですね？」

と、十津川がいうと、小杉は膝を乗り出す感じで、

「そうなんです。キー、キーと、鋭く啼いていましたね」

「その時、窓を開けていましたか？」

「ええ。ベランダの窓を開けていました。だから、きこえたんだと思います」

と、小杉はいった。

「猿の啼き声を前にきいたことは？」

「動物園なんかで、きいたことはありますよ。しかし、あのマンションできいたのは初めてです」

「猿の啼き声をきいた時は、変だなと思いませんでしたか？」

「そりゃあ、こんなところで、猿の啼き声がきこえるなんて、おかしいなと思いましたよ。だから、最初に若い刑事さんにいったように、テレビかなと、考えたんです」

「だが、テレビじゃなかった？」

「ええ」

「それで、どう考えました？」

「神宮の森に、どこかの家で飼っていた猿が逃げたんじゃないかと、思ったりしたんですが――」

「あなたが、猿の啼き声をきいたのは、二十七日の午後九時半というのは、間違いありませんか？　二十七日の夜に」

「間違いありませんよ。翌日、あのマンションで、二人も死んでるんですから。猿の啼き声というのは不吉なのかなと、考えましたよ」

と、小杉は、硬い表情で、いった。

「日光猿軍団をご存じですか？」

と、十津川はきいた。

「ええ、しっています。といっても、テレビで二回ほど、見ただけですが」

「その猿軍団の猿の啼き声ということは、どうですか？」

と、十津川はきいた。

「日光猿軍団が、きていたんですか？」

小杉がきいた。

「きていたとしてです」

「違うと思いますね」

と、小杉はいった。

「なぜ、違うと思うんですか？」

と、亀井がきいた。

「猿軍団の猿って、調教されているわけでしょう？　人にも馴れてますよ。でも、僕がきいたのは、野生の感じの猿でしたよ。すごく鋭い啼き声だったんです」

と、小杉はいった。

「野生の猿――ですか？」

「そうです」

小杉は、きっぱりと、自信満々に、いった。

（参ったな）

と、十津川は思った。

猿の啼き声は、今のところ、余分なのだ。だが、無視するわけにもいかない。とにかく、事件のあったマンションで、それも、隣室の男が被害者が死ぬ前にきいたというのである。

十津川は、捜査本部に戻ると、三田村と北条早苗に、

「小杉というサラリーマンが、あの夜、猿の啼く声をきいたというのは、本当らしい」

と、いった。

「警部は、それを、どう解釈されますか？」

と、早苗がきいた。

「どこかで飼っていた猿が、神宮の森に逃げたのか——」

「それについてですが、明治神宮の社務所に問い合わせてみました」

と、三田村がいった。

「それで、答えはどうだった？」

「そんな猿はいないということでした」

「実は、日光猿軍団ではないかとも考えたんだ。死んだ広川が、日光猿軍団を、前に取材して原稿を書いている。その時、ビデオに撮ってきた。それを見ていたのではないか。それが外に漏《も》れて、隣室の小杉にきこえたのではないかと思ってね。ところが、小杉にあっさり否定されてしまったよ。調教された猿の啼き声じゃなかったというんだ」

と、十津川は笑った。

「それに、日光猿軍団なら、当然、観客の拍手や笑い声も、入ってしまっていると、思いますわ」

と、早苗がいった。

「そのとおりなんだ」

と、十津川は苦笑した。

十津川は、黒板に、今度の事件の問題点を書き並べていった。もちろん、心中事件ではなく、殺人事件と見ての問題点である。

①殺人の動機
②犯人像
③消えた綾の役目と行方
④猿の啼き声の謎
⑤殺された広川が「すごい記事」といっていた、その内容
⑥中村かおりが殺された理由

十津川は、書いたあと、亀井と一つずつ、検討していくことにした。

「一番簡単なのは、最後の、中村かおりが殺された理由でしょうね」

と、亀井は、黒板に目をやりながら、いった。

「心中に見せかけるために、広川と顔見知りの彼女を、彼の部屋で殺したということか」

「ほかに、考えようがありませんよ」

「③の綾の役目も、想像がつくね。彼女は、犯人から、睡眠薬を大量に溶かしこんだウイスキーかブランデーを渡され、それを広川に飲ませたんだろう」

「そうですね。何とか早く見つけて、その推理が正しいかどうか、ききたいと思いますよ」

と、亀井はいった。

「とにかく、福井県警に、協力してもらうことにしよう。あまりにも、漠然としているから、捜すのは大変だろうがね」

と、十津川はいった。

「あとの四つは、どれも、難しいですね。動機は、今のところ、見当もつきません」

亀井は、憮然とした顔で、いった。

「単なる怨恨とも思えないからな」

と、十津川がいう。

「次の犯人像ですが、単独犯でしょうか？　それとも、複数犯だと、思われますか？」

と、亀井がきく。

「中村かおりを、無理矢理、広川の部屋へ連れてきて、手首を切って、殺したとすると、ひとりでは難しいと思うね」

と、十津川はいった。

「そうですね。複数犯の可能性が、強いですね」

と、亀井も賛成した。

「どんな人間かだが、綾に、大金を渡したとすると、かなりの金持ちということだな」

と、十津川。

「いくらぐらいの金を渡したと、思われますか？」

「人殺しの手助けをして、その上、いわれるままに、あっさり、東京から出ていったとすると、百万くらいの金ではないだろうね。少なくとも、五百万から一千万」

と、十津川はいった。

「もっと多いんじゃありませんか。何しろ、綾という女は、金のことばかり考えていると、殺された広川が、いっていたみたいですからね。二、三千万はもらったと思いますが」

「それだけの金を、用意できる犯人ということか」

「逆にいえば、それだけ、切羽つまった状況で、広川と中村かおりを殺したということになると、思いますね」

と、亀井はいった。

「私が、一番気になっているのは、広川が書くといっていた『すごい記事』の中身なんだ。それが、ひょっとして、今度の事件に関係があるんじゃないかと思ってね」

と、十津川はいった。

「しかし、それが何だったのかわからないのでは、検討もできません。何か、手がかりがあれば、いいんですが」

「一つだけ、手がかりらしきものはあるよ。広川は、その記事のためだと思うが、取材にいっている。同僚の記者が、そういってたじゃないか」

「北関東でしたね」

「そうだ」

「それが、日光の猿軍団だったら、お手あげになりますが」

と、亀井はいった。

「何とか、行き先を、特定できないかな」

と、十津川はいった。

彼は、トラベル日本にいき、デスクに、広川が取材に出かけた時の様子を、詳しく話してくれるように、頼んだ。

「出かけたのは、今月の十四日、十五日の二日間です。行き先は、北関東と、いっていました」

と、デスクはいった。

「しかし、実際に、旅費などを請求する時は、詳しく、明細を提出するんじゃありませんか。ホテルに泊まれば、領収書をもらってくる必要があるわけですよね。それを見せてほしいんですが」

と、十津川はいった。

「それなんですが、なぜか、彼は、旅費や宿泊費を請求しないんですよ」

と、デスクはいう。

「請求しないというと、全部、広川さんが自分で持ったということですか?」

と、十津川はきいた。

「そうなんですよ」

「前にもそんなことはありましたか？」

「いや、ぜんぜん。そんな殊勝な人間が、いるもんですか」

と、デスクは笑った。

「それなのになぜ、今回に限って、広川さんは、自分持ちで取材に出かけたんですかね？」

と、亀井がきいた。

「考えられるのは、本当は、取材になんかいかなかったんじゃないかということですよ。それがばれるのを恐れて、請求するのを諦めたんじゃないですかね。例の、日光猿軍団の原稿に目を通してみましたが、去年、読んだのと、まったく、同じでしたよ。訂正した箇所なんか、一つもないんです。つまり、もう一度日光へ取材にいってはいないということです。だから、旅費や宿泊費を請求したくてもできなかったんだと思いますよ」

「もう一つ、考えられることが、あるんじゃありませんか」

と、十津川はいった。

5

「ほかに、何がありますか？」

デスクが、首をかしげてきいた。

「広川さんはここの記者のひとりだから、彼がどんなにいい原稿を書いても、それを高く買うことはないわけでしょう？」

と、十津川は、確かめるようにきいた。

「それが仕事で月給をもらっているわけですからね。まあ、いい記事なら、金一封を渡すことは、ありますがね」

と、デスクはいった。

「広川さんは、あなたにも同僚にも、今度はすごい記事を書くといっていたわけです。それを実際に、書いたんじゃありませんかね。ただ、トラベル日本に載せても、せいぜい、金一封しか出ない。そこで、ほかに、売ってしまったんじゃないですか？　そうなら、取材のための旅費や宿泊費はもらえない。だから会社には請求せず、去年書いた日光猿軍団の原稿を出そうとしていた」

と、十津川はいった。

「どこの社に、売ったというんですか?」

デスクは、信じられないという顔で、きいた。

「たくさん、金を払ってくれるところにでしょうね」

と、十津川はいった。

「彼が、どんなすごい記事を書いたというんですか?」

「まったく、わかりません。その原稿は、広川さんの部屋から、見つかりませんからね」

と、十津川はいった。

「じゃあ、十津川さんの話も、信用できませんね。事実かどうか、わからないんだから」

「しかし、広川さんが、心中に見せかけて、殺されたことは、まぎれもない事実ですよ」

と、十津川はいった。

「それ、間違いないんですか?」

デスクは半信半疑の表情で、十津川を見ている。

「間違いありません」

十津川は、きっぱりと、いった。

「しかしねえ。広川君は、ちょっと変わった記事を書いたりはしますが、天下国家を動かすような記事が書けるとは、思わないのですよ。まあ、うちの雑誌の内容からいって、そんな大きなスクープは、ありませんがね。ですから、広川君を、殺す人間がいるとも、思えない。女性問題で、殺されることは、あるかもしれませんがね」

と、デスクはいった。

「われわれとしては、広川さんのいっていた『すごい記事』の内容を、何とかして、しりたいと、思うんですが、わかりませんか？」

と、十津川はいった。

デスクは、苦笑して、

「連中はみんな、大ボラを吹くんです。話だけきいていると、どんな面白い記事が、次の号に並ぶかと、期待するんですがねえ。まあ、たいてい、がっかりしますねえ」

と、いった。

「しかし、広川さんが、十四、十五日の二日間、取材にいくといったことは、事実でしょう？」

と、十津川はきいた。

「でも、本当にいったとは、思えませんよ。たぶん自宅で、寝てたんじゃありませんか。そして、いったことにして、旅費や、宿泊費を、請求しようとしたが、うまくいきそうもないので、やめたのと、違いますかね」

デスクは、あくまでも、否定的な見方を、崩さなかった。

十津川と亀井は、諦めて帰ることにした。

出版社の外に出て、パトカーに戻りかけた時、前に話をきいた、広川の同僚の井上が、追っかけてきた。

彼は、息をはずませながら、

「彼は、取材にいってますよ」

と、十津川にいった。

「しかし、デスクは、自宅で寝てたんじゃないかと、いってましたが」

「それは、違いますよ」

「なぜ、取材にいったと、わかるんですか？」

と、十津川はきいた。

「前日の十三日に、彼と一緒に社を出たんですが、途中で、彼が、旅行代理店に寄るというんですよ。何の用だときいたら、明日から取材にいくんで、切符を買っておくんだといってました」

「どこまでの切符を買ったか、わかりませんか？」

「そこで、彼とわかれちゃったから、わかりませんよ」

「その旅行代理店の場所は？」

「神田駅の傍だから、すぐ、わかりますよ」

と、井上はいった。

十津川は、礼をいい、その旅行代理店まで歩いていくことにした。

JR神田駅の傍に、なるほど、旅行代理店があった。

十津川と亀井は、その窓口で、警察手帳を見せてから、

「十三日に、ここで、切符を買った人についてききたいんですがね」

と、いった。

「ただ、そういわれても――」

と、応対した若い社員が、困惑した顔になった。

十津川は、広川の写真を見せた。

「この人なんですがね」

と、いうと、相手が、ほっとした顔になった。

「トラベル日本の人でしょう。覚えています」

「顔見知り？」

と、亀井がきいた。

「あそこの方は、よく、うちを利用して下さるんです」

「じゃあ、教えて下さい。どこまでの切符を買ったんですか？」

と、十津川はいった。

「お買いになったのは、翌日、十四日の東武《とうぶ》の切符です」

「東武って、浅草《あさくさ》から出ている——？」

「そうです」

「それで、どこまでの切符を、彼は、買ったんですか？」

と、十津川はきいた。

「日光までです」

「日光？」

十津川は、横の亀井と顔を見合わせてしまった。

(やはり、日光猿軍団を見にいったのか)

という、失望の思いだった。

「日光までの切符だというのは、間違いありませんか?」

と、十津川は、念を押した。

「間違いありません。午前一〇時浅草発の特急『けごん13号』の切符です。終点の東武日光着は、一一時四一分です」

と、相手は、明快に答えた。

「買ったのは、一枚?」

「はい。一枚です」

「帰りの切符は?」

「お買いになりませんでした」

と、相手はいった。

十津川は、礼をいって、旅行代理店を出た。

パトカーのところに、戻りながら、亀井が、

「がっかりでしたね。日光では」

と、いった。

「明日、われわれも、浅草から乗ってみようじゃないか」

と、十津川はいった。

「日光猿軍団を見にいくんですか？」

「日光にあるのは、猿軍団だけじゃないだろう」

「ええ。日光江戸村《えどむら》、華厳《けごん》の滝、東照宮《とうしょうぐう》、どれをとっても、あっと驚くような新鮮さはありませんがねえ」

亀井は、肩をすくめるようにして、いった。

確かに、そのとおりなのだ。

だが、広川は、十四日に日光にいき、二十七日には、殺されてしまったのである。

第二章　日光

1

　十津川と亀井は、広川と同じように、午前一〇時、東武の浅草発特急「けごん13号」に乗ってみることにした。

　行き先は、日光である。そこへいけば、広川の殺された理由がわかるという保証はなかったが、どんな小さな手がかりでも、ほしかったのだ。

　ウィークデイなので、車内は、すいていた。が、それでも、団体客が多いのは、日光参詣《さんけい》の人たちなのだろうか。

　それに、近くには、鬼怒川《きぬがわ》、塩原《しおばら》などの温泉地が広がっているから、日光参詣のあと、そうした温泉地へいくのかもしれない。

特急列車は、浅草を出ると、しばらくは、家並みの間を走る。都心へのベッドタウン化している地域が、大きく広がっているということだろう。

東武日光駅着が、一一時四一分である。

東武日光駅の外に出る。ここから先、広川がどこへいったかは、わからない。

普通に考えれば、日光東照宮ということになるのだろうが、猿の啼き声の問題があった。

猿ということになると、最近、人気が出てきた、日光猿軍団ということになってしまうのだ。

東照宮についていえば、みざる、いわざる、きかざるの三猿が有名だが、これは、木彫りの猿である。

「猿軍団を見てきますか？」

と、亀井がちょっと、照れ臭そうに、十津川にいった。

タクシーを拾う。日光周辺には、最近、日光猿軍団ができたり、日光江戸村が生まれたり、さらに、日光ウェスタン村まで、作られている。日光東照宮と温泉だけでは、若者や、家族連れは呼べないということからだろう。

タクシーを拾って、日光猿軍団の名前をいうと、運転手は、

「あそこは、人気があるから、予約をとっておいたほうがいいですよ」

といい、十津川が何も頼まないうちに、無線電話を使って、どこかへ電話をし、しばらく話してから、

「午後二時からの分が、とれましたよ」

「そんなに人気があるのかね？」

と、十津川はきいた。

「テレビで、人気が出ましてね。子供が、みんないきたがるんですよ」

と、運転手はいう。

タクシーは、いったん、一駅逆戻りして、今市《いまいち》までいき、そこから、会津《あいづ》西街道を北へ向かった。

日光江戸村とか、ウェスタン村の大きな看板が、進路の両側に見えてくる。

それに混って、日光猿軍団の看板も、目に入った。

時々、観光バスが、走っていく。

タクシーは、街道から外れて、日光猿軍団の入口の前で停まった。

なるほど、観光客であふれていた。

入場料を払ってなかに入ると、広場に、猿が芸を見せる劇場があり、その前

に、食堂と土産物店が、建っている。

劇場のほうは、二回目の公演の最中で、入口は閉まり、二時からの三回目を見る人たちが、列を作っていた。

その人数が多いので、ひとりひとりに番号札が渡される。十津川と亀井も、番号札をもらっていた。

「大変なものだ」

と、十津川は、感心したり、呆れたりした。

劇場の裏に、調教中の猿の収容されている檻があるというので、二人は、回ってみた。

檻というよりも、猿ヶ島みたいな施設だった。まだ、舞台に出られない若い猿たちが、入っているという。

十津川は、ポケットから、小型のテープレコーダーを取り出して、そこにいる猿の啼き声をテープに収めた。

二時になって、十津川と亀井は、ほかの観客と一緒に、劇場のなかに入った。

擂り鉢状の観客席で、子供たちは、前のほうに座ろうと、駆け出していく。

二人は、子供の姿が多いことで照れ臭く、後ろのほうの座席に腰をおろした。

幕があがって、猿の芸が始まる。猿がうまくやっても、失敗しても、子供たちは、大喜びだし、若い女性は、明るい笑い声を立てる。むしろ、猿が失敗したほうが、客席に歓声があがるのだ。

十津川は、ここでも、テープを回した。が、途中で、亀井と外に出てしまった。猿は失敗して、叱られると牙をむいて、反抗的な啼き声をあげる。

しかし、野猿の啼き声とはいえなかったからである。

亀井は、子供たちに頼まれているのでといって、土産物店に入り、五百円ほどの猿の人形を二つ買った。

そのあと、街道沿いにあるラーメン屋に入り、遅い昼食をとった。

十津川は、その店の主人に、

「このあたりで、猿の啼き声がする場所をしらないかな?」

と、きいてみた。

「日光猿軍団のことですか?」

「いや、野猿の啼き声なんだ」

「野生のねえ」

と、店主は、手を動かしながら考えていたが、

「奥日光へいけば、野生の猿がいるんじゃないかな」

「どういけばいい？」

と、亀井がきいた。

「車できたんですか？　それなら、地図をあげますから、それを見たらいい」

店の主人は、日光周辺の観光パンフレットを十津川たちにくれた。

「それの戦場ヶ原《せんじようがはら》から、男体山《なんたいさん》にかけてぐらいを奥日光といっていますよ。そのあたりにいけば、野猿がいるんじゃありませんかね」

「レンタカーで、いってみよう」

と、十津川は、亀井にいった。

タクシーを拾って、東武日光駅に戻り、そこで、レンタカーを借りた。

2

東照宮を右手に見て、国道120号線を中禅寺湖《ちゆうぜんじこ》に向かう。

十津川が運転し、助手席の亀井が、ナビゲーター役である。

第二いろは坂を抜けて、中禅寺湖に出る。湖岸を走る。湖上には、遊覧船がゆっくりと走っている。

湖岸に、へばりつくように並ぶ中禅寺温泉のホテル、旅館。

湖と反対側に、標高二四八四メートルの男体山が、見える。二千メートルを超す高さに見えないのは、中禅寺湖そのものが、標高一二六九メートルという高さにある山上湖のせいだろう。

さらに走ると、竜頭《りゅうず》の滝《たき》に出る。二百十メートルの高さの滝で、有名な華厳の滝よりも、素晴らしい。

しかし、ここも、華厳の滝と同じように、周囲は俗化して、旅館、土産物店、喫茶店などがひしめいて、観光バスも、駐まっている。

十津川は、ここから、北に向かって、戦場ヶ原までいってみた。

神々の時代、男体山と赤城山《あかぎさん》の神が、ここで戦ったということで、戦場ヶ原と名づけられたといわれるが、男体山が噴火したとき、溶岩が流れて、川を堰止《せきと》め、四キロ四方の湿原に変わった。

十津川は、車を停めた。

別に、湿原に興味があったわけではなかった。

このあたりが奥日光で、近くの男体山に、野猿がいるのではないかと、教えられていたからである。

湿原のなか、水はけのいい部分には、樹が育ち、白樺《しらかば》の林も、生まれている。

だが、野猿がいそうにはなかった。

「男体山に登ってみますか？」

と、亀井がいった。

登り口は、今、通ってきた中禅寺温泉の近くの二荒山神社《ふたらさんじんじゃ》中宮祠《ちゅうぐうし》を通らなければならない。

「そこの社務所で、入山料を払って、登山することと、書いてありますね」

と、亀井は、ラーメン屋でもらった観光地図を見ながらいった。

十津川は、車で中宮祠に戻った。が、今日の受付は、もう終わってしまっていて、登山道に通じる門は、閉まってしまっていた。

通常の登山受付は、正午までで、午後五時までに下山することになっていた。

十津川たちは、仕方なく、今日は、傍の中禅寺温泉に泊まり、明日、登山することに決めた。

湖岸のNホテルに、部屋をとった。

湖の見える部屋に案内される。お茶を運んできた仲居に、チップを渡してか

ら、

「男体山に、猿はいるのかな？」

と、十津川はきいてみた。

「猿ですか？」

と、仲居は、おうむ返しにいってから、

「あまり、きいたことはありませんけど——」

「誰かしらないかな？」

「女将《おかみ》さんに、きいてきましょうか」

と、仲居はいい、部屋を出ていったが、五、六分して戻ってくると、

「前に一度、男体山の裏側のほうで、猿を見たという話をきいたことがあると、女将さんは、いってましたけど」

「女将さんに、詳しいことをききたいな」

と、十津川はいい、はじめて、警察手帳を見せた。

仲居は驚いて、女将を呼んできた。
四十五、六歳の小柄な女将は、緊張した顔で、部屋に入ってくると、
「どんなことでしょうか？」

と、十津川にきいた。

「前に一度、男体山の裏側で、猿を見たということでしたが」

と、十津川は改めてきいた。

「それは、私が見たわけじゃなくて、話をきいただけなんですよ。猿が、何かしたんですか？」

「誰から、きいたんですか？」

と、亀井がきいた。

「中宮祠の宮司さんですよ」

「男体山への登り口にある？」

「ええ」

「それは、いつ頃のことですか？」

と、十津川はきいた。

「私がきいたのは、確か、去年の九月頃だったと思いますわ」

「九月ですか。ちょうど、今頃か」

「そうですねえ。なぜ、警察は、猿のことなんか、調べていらっしゃるんですか？」

と、女将がきく。まあ、きくのは当然だろうと、十津川は思った。猿が死んでも、事件にはならないのに、猿を見たかどうかで、警視庁の刑事が二人で、わざわざやってくれれば、不審に思うのは、当たり前なのだ。

「それは、今は、申しあげられない」

と、十津川はいった。

「じゃあ、あのことじゃないんですか」

女将は、拍子抜けの表情になった。

今度は、十津川のほうが、緊張した顔になって、

「あのことって、何ですか？」

と、きいた。

「五年前に、男体山の反対側の斜面で、軽飛行機が、墜落したことがあったんですよ。そのことかと思って――」

「ああ、そんなことがありましたね」

と、十津川は亀井と、顔を見合わせた。

確か、五年前、双発のビジネス機が秋田《あきた》の飛行場を出発し、東京調布《ちょうふ》飛行場に向かったまま、行方不明になり、四十八時間たって、男体山の斜面に、墜落し

ているのがわかったという事件だった。

パイロット一名と乗客五名全員が、死亡した。

「あの事故と猿が、何か関係があるんですか？」

と、十津川は、女将にきいた。

「私にもわかりませんわ。ただ、あの事故があったのが、五年前の九月七日だったでしょう。それで、毎年、九月になると、男体山で、猿が啼くのをきいたとか、見たとかいう話が、伝わってくるんです。それで、その猿は、あの事故のことを悼《いた》んで啼いているんだろうと、噂したりするんですよ」

と、女将はいう。

「なるほど」

「でも、あくまで、噂ですよ。私も、今もいったように、直接、男体山で、猿を見たわけじゃありませんわ」

と、女将はいった。

3

女将が退《さ》がってしまうと、十津川は、

「五年前の事故か」

と、呟いた。

「確か、あれは、完全な事故だったと思いますよ。調査委員会も、パイロットの操縦ミスという結論だったはずです」

と、亀井はいった。

「わかってる」

「それに、事故のあった九月になると、それを悲しんで、男体山で猿が啼くのをきいたとか、姿を見たというのは、少しばかり、できすぎた話ですよ」

と、亀井はいう。

「わかっているが、広川が、女と心中に見せかけて殺されたのは、事実なんだ。殺人事件だよ。おまけに、広川は、テープに猿の啼き声を録《と》ってきていたことも事実なんだ」

と、十津川はいった。

「広川は、男体山にきて、猿の啼き声を録ったんでしょうか？」

「彼の顔写真は、持ってきているね？」

「はい。持ってきています」

「広川が、ここへきたかどうか、調べてみよう」

と、十津川はいった。

翌日、ホテルで朝食をすませると、十津川と亀井は、近くの中宮祠に足を運んだ。

そこで、宮司に、広川の顔写真を見せた。

「この男が、最近、男体山に登りにきませんでしたか？」

宮司は、当惑した顔で、

「夏場には、たくさんの方が、男体山に、登られますからねえ」

「記憶にありませんか？」

「申しわけないが」

と、宮司はいう。

「毎年、九月になると、男体山で、猿を見かけたり、猿の啼くのがきこえるというのは、本当ですか？」

と、十津川はきいてみた。

「そういう話は、よくあります」

と、宮司はいった。

「それは、五年前の九月七日に、男体山で、飛行機事故があったことと、関係があるんですか？」

「私なんかは、猿も悼んで、啼くか——と、思いますけどねえ」

と、宮司はいった。

「宮司さんも、猿を見たか、啼くのをきかれたんですか？　九月七日前後に」

と、亀井はきいた。

「山頂の奥宮にあがったとき、猿が啼くのをききました。あれは、九月七日の前でしたね」

「事故のあった方向から、きこえたんですか？」

「そうです」

「どんな啼き声でしたか？」

「甲高い啼き声でした。甲高く、鋭い啼き声でしたよ」

「たぶんね。日光猿軍団を見にいったというのより、こちらのほうが、信憑性が

歩きながら、亀井がきく。

「広川は、この道を登っていったんですかね？」

夏の間は、賑《にぎ》わったということだが、今日は、ひっそりと静かである。

いうことだろう。傾斜の強い登り道だった。

男体山は、神の山となっているから、登山道は、いわば山頂の奥宮への参道と

二人は、用意してきた登山靴にはきかえて、登山道を登っていった。

宮司の話では、三時間ほどで山頂に着くという。

十津川と亀井は、入山料を払い、山頂へ登ってみることにした。

と、宮司はいった。

「と、思いますが、ちょっと、わかりません」

と、亀井がきいた。

「今も、野猿は、男体山にいると思いますか？」

と、宮司はいった。

「もちろん、そうです」

「野猿ですか？」

あるよ」

「しかし、何をしに登ったんですかね」

「野猿の啼き声を録音しにだろう」

と、十津川はいった。

「なぜ、そんなことをするんですか？　五年前の飛行機事故を悲しんで、猿も啼くというのが、雑誌記者として、面白かったんですかね？」

「カメさんは、どう思うんだ？」

と、十津川は、逆にきいた。

「エピソードとしては、面白いですが、雑誌で特集記事にするほどのことは、ないと思いますね。野猿が啼くのは、事故を悼んでかどうか、わかりませんからね」

と、亀井はいった。

「そこが私にも、わからないんだよ」

と、十津川はいった。

三時間半以上かかって、二人は、山頂の奥宮に辿りついた。

十津川は、反対側の斜面に目をやった。

その先には、二千メートルクラスの大真名子山《おおまなごさん》や、小真名子山《こまなごさん》、太郎山《たろうざん》などが、連っている。

十津川は、テープレコーダーの録音ボタンを押して、足もとに置いてから、携帯電話で、東京の捜査本部にいる西本刑事に、連絡をとった。

「至急、調べてもらいたいことがある。五年前の九月七日に、日光の男体山で起きた飛行機事故のことをだ」

「その事故の何を調べておきますか？」

と、西本がきく。

「何もかもだ」

と、十津川はいった。

山頂は、さすがに寒かった。紅葉も、もう終わりに近づいている。

「何か、きこえませんでしたか？」

と、亀井が、急にいった。

「私は、電話していたので、気づかなかったが」

「そうですか。私は、今、猿の啼く声をきいたような気がして、ぞっとしたんですが」

「もし、カメさんのいうとおりなら、テープに入っているだろう」

と、十津川はいった。

彼は、地面に置いておいたテープレコーダーをポケットに入れ、亀井を促して、山をおりることにした。

下山のほうが登りより一時間も早く、中宮祠の鳥居の下に着いた。

宮司に礼をいって、二人は、レンタカーに戻った。

「すぐ、東京に帰ろう」

と、十津川はいった。

「広川が、ここにきたかどうかの確認は、どうしますか?」

「きたことは、間違いないよ。今は、証拠はなくてもいいだろう。私は、東京に戻って、五年前の事故のことを詳しくしりたいんだよ」

と、十津川はいった。

レンタカーを東武日光駅傍の営業所で返し、二人は、東京に戻る電車に、乗ることにした。

一七時四〇分、東武日光発の特急「けごん32号」に乗る。浅草着は、一九時二六分。

捜査本部に戻ると、十津川は、亀井と、静かな場所で、テープレコーダーの再生スイッチを入れてみた。

かすかな風の音が、入っている。と、いっても、無音に近い。

十津川と亀井が、じっと、耳を傾ける。

ふいに「きいーっ」という鋭い声が、きこえた。

それが、二回、三回。そして、やんだ。

「猿ですね」

と、亀井が、目を光らせて、いった。

「カメさんがきいた声だな」

「そうです。猿の啼き声ですよ」

「広川の隣人に、きいてもらおう」

と、十津川はいい、西本刑事を呼んで、そのテープを、原宿のマンションに、持っていかせた。

西本は、一時間ほどして、帰ってくると、

「同じ啼き声だと、証言しました」

と、十津川に報告した。

「ということは、広川は、あの男体山に登ったということだな」

十津川は、亀井にいった。

「猿の啼き声をききにだけいったとは、思えませんから、引っかかってくるのは、五年前の飛行機事故ですね」

と、亀井はいった。

十津川は、西本に目を向けて、

「資料は、揃ったか？」

「まだ、たいした資料は、揃っていませんが」

と、西本はいい、茶封筒に入れたものを、持ってきた。


墜落したのは、双発のビジネス機である。

アメリカ製のビーチクラフト。

所有していたのは、東京の日本輸送ビジネスＫＫ。

調布飛行場に、営業事務所があり、所有機は七機。

九月五日に、東京のＫ土地開発株式会社がチャーターし、五人の社員が乗って、調布から秋田に向かった。

秋田で、仕事をすませ、七日の朝、秋田を出発して、東京の調布飛行場に向かった。が、予定時刻になっても、到着せず、騒ぎになった。

日本輸送ビジネスＫＫでは、二機の飛行機を飛ばして捜索。

警察も、その捜索に加わった。

しかし、夜になっても、問題の飛行機は見つからなかった。

八日も、不明のままだった。

九日の朝になって、男体山の北側の斜面に、問題の双発機が、墜落しているのが、発見された。

地元の警察、消防が、現場に急行した。

そこで、パイロット一名、乗客五名全員が、死亡しているのが、確認された。

これが、飛行機事故の概略だった。

運輸省に常設された、航空事故調査委員会が、翌年五月になって、その報告書を、発表した。

その報告によれば、機体の欠陥箇所や、整備不良と思われる箇所は見られず、パイロットの操縦ミスと結論づけていた。

パイロットの名前は、倉田良祐《くらたりようすけ》（五十歳）で、航空自衛隊出身である。プロペラ機の操縦は、一万五千時間のベテランだった。

墜落時刻は、九月七日の午前十一時前後と見られ、当時、雨あがりで、男体山周辺には、霧が出ていた。

「当然、日本輸送ビジネスでは、補償のこともあるので、パイロットの操縦ミス説には、抗議したようですが、結論が出てしまったので、K土地開発の亡くなった五人について、補償金を支払っています。五人とも、K土地開発の幹部クラスということで、ひとりあたり、一億円が支払われています」

と、西本はいった。

「それで、この事故は、解決したんだな？」

「そうです」

「そして、五年か」

「日本輸送ビジネスは、この事故が原因かどうかわかりませんが、経営不振になり、今は、新会社になっています」

と、西本はいった。

「経営者が、交代したわけか」

「そうです。社名も変わって、今は、NB航空です」

と、西本はいった。

「幹部五名を、一度に失ったK土地開発のほうは、どうなってるんだ？」

と、亀井がきいた。

「今も、新宿駅西口に、本社があります。経営状況が悪いという話はきいていませんね」

「バブルがはじけても、うまくやってるということか」

「そうですね」

「それが、どうして、五年たった今、問題になってきたのかな？」

「別に問題には、なっていませんが――」

「だが、広川は、調べ直そうとして、男体山にいき、その時、猿の啼き声を録音してきたんだと、私は思ってるんだ」

と、十津川はいった。

「それを、広川は、夜、再生して、きいていたわけですか？」

と、亀井がきいた。

「ああ。それを、隣室の男が、きいたんだよ」

「広川がきいていたテープに、猿の啼き声以外に、何が録音されていたんですかね？　猿の啼き声が、録音されているだけのことなら、広川を殺す理由は、ありませんから」

と、亀井はいう。

「だから、広川は、五年前の事故のことを、調べていたんだと、思うんだがね」

と、十津川は繰り返した。

「中宮祠の宮司は、広川の写真を見せても、覚えがないと、いっていましたね」

亀井が、思い出して、いった。

「夏場は、登山者が多かったから、ひとりひとりは、覚えていないということだったよ」

と、十津川が応じる。

「反対側から、登ったんじゃありませんかね？」

「つまり、飛行機が墜落した北側斜面のほうからというわけか」

「そうです」

「しかし、そのまま、登ったのでは、猿の啼き声しか、録音できなかったんじゃないかね」

十津川がいうと、亀井は「そうですね」とうなずいたが、ちょっと考えてか

ら、

「広川が、ひとりで登ったのなら、そうなりますね」

と、いった。

「ひとりでか――」

「ええ。もし、彼がほかの誰かと一緒に登ったとすれば、テープには、その人間との会話が、当然、入ったはずですよ」

と、亀井はいった。

「そうだな。広川は、ひとりではなく、誰かと一緒に登ったという可能性があるんだ。二人は、話を交わしながら、男体山に登った。広川は、別に、猿の啼き声を録るために、男体山に登ったわけじゃないのかもしれない。男体山に登りながら、誰かの話をきこうとしたんじゃないか。ところが、偶然、野猿の啼き声が入ってしまった」

「そうですよ。夜、広川は、誰かとの会話をきき直すために、テープをきいていた。猿の啼き声は甲高いから、隣室の男の耳には、それだけがきこえた。そういうことではないでしょうか」

「充分に、あり得るね」

と、十津川はいった。

4

十津川は、日光周辺の地図を広げた。

その地図の、問題の飛行機が墜落した場所に、×印をつけた。

広川は、たぶん、その日、男体山の北側から、誰かと一緒に、墜落地点に向かって、登っていったに違いない。

五年前の九月七日の、墜落事故について、話をきくためだろう。

広川は、それを録音した。

原稿にして、雑誌に載せるためにだ。

帰ってから、それを原稿にするために、テープをきいた。

そのテープはない。広川を心中に見せかけて殺した犯人が、持ち去ったのだろう。

「問題は、誰と、どんな話をしていたかでしょうね」

と、亀井はいった。

「どんな話かは、想像がつくよ。おそらく、五年前の飛行機事故のことだ。広川は、墜落現場に、実際にいき、そこで、特ダネになるような話をきいたんだ」

「今までにわかっていることではありませんね。それでは、特ダネにはなりませんし、広川が、殺されることもなかったでしょうから」

と、亀井がいう。

「その話し手が、どこの誰かも、気になるね。へたをすると、その人間も、口封じに、殺されてしまう恐れがある」

と、十津川はいった。

「しかし、五年前の事故については、事故調査委員会が、パイロットの操縦ミスとの結論を出しています」

西本が口を挟んだ。

「調査報告書には、書かれてないことなんだろう」

と、十津川はいった。

「しかし、一年近くかかって調べたことに、漏れていたことがあったなんて、ちょっと、信じられませんが」

と、西本はいう。

「委員のひとりに会ってみたいな」

と、十津川はいった。

十津川は、委員のひとりひとりに、電話をかけてみた。

そのひとり、運輸省職員の大野《おおの》に、会えることになった。

十津川のほうから、運輸省に、会いに出かけた。

四十六歳だという運輸技官の大野は、十津川に向かって、

「なぜ、今頃、警察があの事故に関心を持つのか、わかりませんね」

と、首をかしげて見せた。

「事故そのものに、関心を持っているわけじゃありません」

と、十津川はいった。

大野は、不審気に眉を寄せて、

「じゃあ、何に、関心を持たれたんですか？」

「あの事故から、派生したことなんです」

「派生したこと？」

「ひとりの男が、心中に見せかけて、殺されました。どうも、彼は、五年前のあの事故のことを調べていて、殺されたらしいのです」

と、十津川はいった。大野は、ますます、難しい顔になって、

「それは、おかしいですよ。あの事故に、何か裏があるとしたら、それに絡んで、人が殺されるということも、考えられますがね。あの事故には、裏も表もありません。委員会は、冷静に、一年近く調査し、操縦ミスとの結論を出しました。爆発の形跡もなかったし、機体の整備不良もありません。あの飛行機は、世界中に飛んでいて、欠陥機種でもないんです」

「その点、私も、異論はありません。だから、事故に関連したことが、問題だといっているのです」

と、十津川はいった。

「よくわかりませんね。事故そのものに問題がないのに、何が関連してくるというんですか?」

大野は、怒ったような声を出した。

事故調査委員のひとりとして、少しでも、調査報告に疑念を持たれるのは、我慢がならないのだろう。

十津川は、弱ったなと、思いながら、

「私がいいたいのは、こういうことなんです。誰かが、現場から死者の何か、例

えば、身につけている貴金属を持ち去ったといったことなんですが」

「そんな話は、きいたことがありませんね」

大野は、そっけなくいった。

「大野さんは、当然、墜落現場にいかれましたね？」

「もちろん、いきました。事故原因追及のためです。その結果、パイロットの操縦ミスとの結論になったんです」

「事故に関連して、大野さんのところに、手紙が、届いたことはありませんか？」

「ありますよ。ただ、一年間だけです。二年目あたりから、手紙も、電話も、こなくなりましたよ。もう、あの事故のことは、忘れ去られてしまったんだと、思っていたんですがね」

「どんな手紙が、多かったんですか？」

「励ましと、非難の両方です。励ましのほうは、頑張って、事故原因を明らかにして下さいといったものから、どうせ、なあなあの結論になるんだろうといった批判までです」

「最近は、何もありませんか？」

「ありませんよ。だから、もう、あの事故は、忘れられてしまったと、思っていたんですがねえ」

大野は、小さく笑った。

「現場にいかれた時、猿の啼き声をききませんでしたか?」

「猿――? 何のことですか? それは」

「私は、今度、男体山に登ってきたんですが、その時、猿の啼き声をきいたんです。だから、大野さんも、きいたんじゃないかと、思いましてね」

と、十津川はいった。

大野は、宙に目をやって、考えこんでいたが、

「そういえば、誰かが、今、猿が啼いたと、いってましたね」

と、いった。

「誰ですか? それは」

「誰だったかなあ。ああ、柴田《しばた》さんだったと思いますよ」

「柴田さん?」

「ええ。今、アメリカにいっています。私の友人で、あの時、調査委員のひとりでした。柴田さんが、今、猿が啼いたといったんだが、みんな、それどころじゃなかったので、無視しましたよ。猿が啼いたって、事故原因とは関係ありません

からね」

と、大野はいった。

「最近、あの事故について、何かききませんか？　噂話《うわさばなし》でもいいんですが」

と、十津川はいった。

「別に、何もきいていませんねえ。とにかく、もう、終わったことですからね」

「あの時、機体の発見が、遅れましたね。行方不明になったのが九月七日なのに、男体山の北側斜面に墜落している機体が見つかったのが、二日後です」

「ええ」

「少し遅いですね」

「いや、そうでもありません。もっと、長くかかった事故もあります。二週間以上、見つからなかったこともありますよ」

「しかし、男体山は、登山者も多いはずだし――」

「中禅寺湖側から登る人は多いでしょうが、現場は、その反対側斜面ですからね。それに、九月七日から九日にかけては、よく、霧が発生していたんです」

と、大野はいった。

「私は、その二日の間に、何かあったような気がして仕方がないんですがね」

十津川は、そんないい方をした。

「何かって、どんなことですか？」

「例えば、登山者のひとりが、霧のなかを歩いていて、飛行機の残骸や、死体を見つけたといったことがなかったか――」

「もし、そんな人間がいたら、警察に届けているんじゃありませんか」

と、大野はいった。

「確かに、そのとおりですが」

「案外、素直ですね」

と、大野が笑った。

「今のは、思いつきで、喋ったことですから」

「そうだ、そういえば最近、妙な噂を耳にしているんです。あの事故に、関してです」

大野は、急に、そんなことを口にした。

十津川は目を光らせて、

「どんな噂ですか？」

「機体が見つかったのは、正式には、五年前の九月九日です。ところが、その前に、現場附近を飛んでいるヘリコプターがあったという噂が出てきたんです。確か、九月七日にね」

と、大野はいった。

「その噂の出所はどこですか？」

十津川は、興味を持って、きいた。

「わかりません。まあ、登山者か、地元の人間でしょうがね」

と、大野はいった。

「あなたは、その噂を、どう思っているんですか？」

「コメントは、何もありません」

「なぜですか？　噂は本当じゃないと、思うからですか？」

「いや。もし、ヘリコプターが飛んでいたとしても、何も見つけていないのなら、何の意味もありませんからね」

「もし、その時、そのヘリコプターが機体を見つけていたとしたら、どうですか？」

と、十津川はきいた。

大野は笑って、

「それはあり得ませんよ。もし、見つけていれば、そのヘリの人間が警察にしらせているはずですからね」

「ヘリが飛んでいた可能性は、どうですか？」

「あの周辺は、通常のヘリの飛行コースじゃないんですよ。だから、噂はただの噂でしかないと思いますね」

と、大野はいう。

「もし、ヘリが、九月七日に飛んだとしてですが、どのあたりから、飛んだでしょうか？」

と、十津川はきいた。

「それは、足の長いヘリか、短いヘリかによりますね。また、最近は、多くの遊園地で、観光用のヘリを置いていますからね。そんなヘリが日光を空から見るということで、お客を乗せて、飛んだということだって考えられます。いずれにしろ、もし、そのヘリが、機体を発見していれば、警察に報告しているはずです。それが、なかったということは、ヘリが飛んだというのは間違いか、飛んだとしても、発見できなかったということになりますよ」

と、大野はいった。

5

十津川は、大野に礼をいい、亀井とパトカーに戻った。

「カメさんの意見をききたいな」

と、十津川は、亀井にいった。

「九月七日のヘリのことですか？」

「ああ、そうだ」

「私は、大野技官の意見に賛成ですね。警察に何の報告もなかったということは、ヘリは現場近くを飛ばなかったか、飛んでも機体を発見できなかったかのいずれかだろうと、思います。つまり、意味がないということです」

と、亀井はいった。

「広川が調べていたのは、ヘリのことではないと、カメさんは思うのか？」

「ええ。意味がないですからね」

「私も、大野技官の話をきいている時は、そう思っていたんだがね」

と、十津川はいった。

「今は、違う見方をされているんですか？」

と、亀井はきいた。

「そうなんだ」

「なぜですか？」

「大野技官の話が正しければ、ヘリの噂はスクープにはならないよ。だがね、大野技官の話が間違っていれば、見方は違ってくる。そう思っているんだよ」

と、十津川はいった。

「大野技官の見方が間違っているというのは、どういうことですか？」

「彼は、ヘリが、もし、機体を見つけていれば、警察にしらせているはずだといっている。しかし、もし、ヘリが見つけていたのに、警察にしらせていなかったらと、私は考えたんだよ」

と、十津川はいった。

「しかし、機体を見つけていれば、警察に報告するでしょう」

「そのとおりさ。だから、大きな問題になってくるんだよ。なぜ、そのヘリの人間は、墜落した機体を発見したのに、警察にしらせなかったのか。これは大きな謎だし、雑誌記者の広川が関心を持ったとしても、当然じゃないかね」

と、十津川はいった。

「確かに、そうですが――」

亀井は、半信半疑の顔になっていた。

「問題は、九月七日に、現場上空をヘリが飛んだのか。飛んだとしたら、そのヘリは機体を発見したのか。もし発見したのなら、なぜ、それを警察に報告しなかったのかということだよ。機体を発見してなければ、カメさんのいうとおり、何の問題にもならない。広川も、関心を持たなかったろうと思うよ。ただ、最後の謎があれば、広川は関心を持ったに違いないということだ」

と、十津川はいった。

「警部は、それだというわけですね」

「自信はないが、広川が男体山に登った理由がわかるし、殺された理由も、何となく、わかってくる」

と、十津川はいった。

「しかし、どうやって、そのヘリを見つけ出しますか？」

と、亀井はきいた。

「広川は見つけたんだ。それなら、われわれだって、見つけ出せるさ」

と、十津川はいった。

だが、実際には、そう簡単ではないことも、十津川にはわかっていた。殺された広川が、どうやって、問題のヘリのことをしったかが、わからないからである。

「広川という人間について調べてみよう」

と、十津川はいった。

捜査本部に戻ると、十津川は、広川の交友関係と最近の行動を、徹底的に調べるように、刑事たちに指示を与えた。

広川の小学校、中学校、高校、大学の友人関係をすべて洗い出した。

そのほか、彼がよく飲みにいっていた新宿のスナックに出入りする人間たちのことも調べた。

何人かの男女が、浮かんできた。

暴露雑誌の記者をやっている高校時代の友人、高橋《たかはし》浩《ひろし》。

日光中禅寺温泉の旅館の女将をしている中学時代の仲間の青木《あおき》れい子。

ヘリの操縦士として関東遊覧飛行KKで働いている高校時代の友人の西尾《にしお》豊《ゆたか》。

ヘリの専門雑誌「ヘリ時代」の記者をやっている大学時代の友人の森節夫《もりせつお》。

この四人である。

十津川は、四人のところに刑事たちをいかせて、話をきくことにした。

だが、十津川の期待する答えは、返ってこなかった。

高橋浩は、政界スキャンダルを専門に追いかけている男で、五年前の飛行機事故については、何もしらないと、主張した。

「しらないのは、本当のようです。あの事故のことで何かあるんですかと、こちらのしっていることを、一生懸命になって、探り出そうとしていました」

と、西本はいった。

青木れい子は、ひょっとして、五年前の九月七日に男体山の近くを飛んでいるヘリを見ているのではないかと思ったのだが、その時は、まだ中禅寺温泉にはいないことがわかった。

「当時は、熱海《あたみ》のホテルで働いていたことがわかりました」

と、日下は、十津川に、報告した。

西尾豊は、五年前の九月頃は、まだ関東遊覧飛行ＫＫでは働いておらず、北海《ほっかい》道《どう》のヘリ会社で、害虫駆除の薬を、ヘリで散布していたという。

「西尾のパイロット仲間に、話をききましたが、五年前の飛行機事故について、彼と話したことはないそうです」

と、三田村は報告した。

最後の森節夫は、一週間前病死していた。死因は肺癌だった。

「参ったね」

と、十津川は溜息をついた。

壁にぶつかった感じで、考えこんでいると、亀井が、

「K土地開発ですが、ヘリを、二機、所有しています」

と、十津川にしらせた。

「そいつは、ちょっとしたニュースだな」

と、十津川は笑顔になった。

K土地開発は、五年前の飛行機事故で、会社の幹部五人を死なせてしまった会社である。

「五年前にも、ヘリを持っていたのか?」

と、十津川は、念のために、きいた。

「持っていました。社長が、土地取り引きには機動力が必要というので、ヘリを所有していたようですから」

と、亀井はいった。

「問題の九月七日に、K土地開発のヘリは、男体山附近を飛んだのかな？　飛んでいれば、面白くなってくるんだが」

と、十津川はいった。

「きいてみますか？」

「いってみよう」

と、十津川はいった。

十津川と亀井の二人は、新宿駅西口にあるK土地開発の本社を訪ねた。

高層ビルの一階から五階までを占有していた。

バブル崩壊の波を、うまく切り抜けたのだろう。

十津川は、寺田《てらだ》という四十三歳の管理部長に会った。

十津川たちが警察手帳を見せると、寺田は警戒するような目になって、

「当社は、不正な土地取り引きはしておりませんよ」

「そんなことで、きたんじゃありません。K土地開発では、ヘリを所有している

ときいたので、それが本当かどうかしりたいと、思いましてね」

と、十津川はいった。

「所有していますが――」

「普段は、どこに置いてあるんですか？」

と、亀井がきいた。

「二機とも、調布飛行場に置いてあります」

「その調布から日光まで、往復できますか？」

と、亀井がきいた。

「もちろん、往復できますよ。しかし、それが何か？」

と、寺田は、得意気に、うなずく。

「五年前の九月七日ですが、おたくのチャーターした双発ビジネス機が行方不明になり、二日して、日光男体山の北側斜面で、衝突、破壊されているのを発見しています。ご存じですね？」

「当社の幹部社員が五人も、亡くなっているんですよ。ちゃんと、覚えていますよ」

と、寺田はいう。

「その時、捜索に、ヘリを飛ばしていますか？」

と、十津川はきいた。

「ちょっと待って下さい。調べます」

と、寺田はいった。

彼は航空部に電話をかけて、話し合っていたが、その電話を切ると、

「捜索に飛んでいませんね」

と、十津川にいった。

「なぜですか？　何とかして見つけたいと思うのが、当然じゃありませんか？」

と、十津川はきいた。

「今、航空部にきいたところでは、当日、一機は、ほかの取り引きの件で千葉《ちば》に飛んでいます。もう一機は、その時、故障していたそうです。そうでなければ、うちの幹部社員が五人も乗っていたんです。当然、捜索に飛んでいますよ」

と、寺田はいった。

「とすると、会社の全員が飛行機事故の現場をしったのは、九月九日になってからということですか？」

十津川がきく。

「そのとおりです」

「K土地開発が持っているヘリのパンフレットがありますか?」

と、十津川はいい、綺麗なパンフレットをもらって、捜査本部に戻った。

第三章　パイロットを追う

1

二機のヘリコプターは、売買する土地について、航空写真を撮ったり、顧客を現場まで運ぶためのものということで、いずれも、かなりの大型である。

一機は、アメリカでVIP用高級ビジネスヘリとして使用されているといわれるベル222。もう一機は、時速三百十一キロが出る高性能ヘリのイタリア製アグスタA109である。

二機とも、白く塗られ、会社のマークが入っている。

パイロットは、ひとりか二人で、ほかに数名の人間が乗りこむことができる。

もちろん調布のヘリ基地から、楽に、男体山の墜落現場まで往復可能である。

一方、十津川は、五年前の事故で墜落した飛行機の写真も、手に入れた。

全長十一・一八メートル
全幅十二・五二メートル
満載時重量四百八十二キロ
エンジンはターボプロップエンジン二基
乗員は一～二名
乗客は八～九名

これが、五年前に墜落した機体である。アメリカでは、信頼性のあるビジネス機ということだが、五年前の九月七日には墜落し乗員一名と、乗客五名が無残に亡くなっている。

カラー写真で見ると、双発の機体は、優雅で、同時に、軽快な感じを与える。

十津川は、ヘリと双発ビジネス機の写真を見ながら、それに重ね合わせるように、広川のことを考えていた。

広川は、五年前の事故に関心を持っていたらしい。

不審を持ち、調べ直していたのか？

だが、五年前の事故は、パイロットの操縦ミスということで決着がついているから、いまさら、広川がいくら調べても、結論はどうしようもないだろう。

問題は、ヘリのほうである。

Ｋ土地開発は、二機の大型ヘリを持っていたが、五年前の事故の時、二機とも捜索には飛ばなかったと証言している。

これは信じにくい話だった。だからこそ、広川はこれに目を向けたのだろう。

五年前の九月七日。

Ｋ土地開発の幹部の乗ったチャーター機が行方不明になった時、肝心のヘリの一機は千葉に仕事でいっていたという。もう一機は故障していたという。

千葉に仕事で出かけていたのは、本当かもしれない。事故は予期しないものだからだ。

だが、もう一機が、故障していて動けなかったというのは、簡単には信じ難いのだ。

その上、九月七日の事故の日、事故現場近くで、ヘリの爆音をきいたという人間がいたというではないか。

五年前の事故の調査の時、この声は取りあげられなかったか、無視された。事故調査委員会の報告書には、ヘリの爆音については、一行も記載されていないからである。

広川は、このヘリの爆音に目をつけて、調べたのではないのか？

九月七日当日、故障していたはずのヘリは、実際には、墜落したチャーター機を探して、飛んでいたのかもしれない。

墜落現場近くできこえたヘリの爆音は、このヘリではなかったのか？

「問題は、もしそうなら、K土地開発がなぜそれを隠してきたかということなんだ」

と、十津川はいった。

「ヘリで探したが、九月九日まで見つからなかったとしても、隠す必要はありませんね。その努力は、評価されるでしょうから」

と、亀井がいう。

「となると、理由は二つしか考えられない。一つは、本当に故障中で飛べなかった、ということだ。もう一つは、飛んで、見つけたのだが、そのあとの行動が、発表できないものだったということだ」

と、十津川はいった。

「例えば、どういうことですか?」

と、若い西本刑事がきいた。

「もし、君がヘリを操縦していて、山の斜面に墜落している飛行機を見つけたら、どうするね?」

十津川は、西本にきいた。

「そうですね。ヘリだから、その場に着陸して、何とか生存者を探します。そのあと、警察と会社に無線でしらせます。誰でも、そうするんじゃありませんか」

「だが、実際には、ヘリから何の連絡もなかったんだ」

「探したが、生存者はいなかったということですか?」

と、西本がいう。十津川は苦笑して、

「その場合でも、見つけたことは報告するんじゃないか」

「そうですね。となると、どういうことになるんですか?」

と、西本がきいた。

「ヘリは現場に着陸した。が、その目的は、生存者を見つけることじゃなかった。だから、K土地開発は、必死になって、それを隠したんじゃないかと、私は思っている」

と、十津川はいった。

「じゃあ、何のために、ヘリは飛んだんですか？」

と、西本がきく。

「助けるのが目的でなければ、その逆だろうが」

と、亀井が大声でいった。

「どういうことですか？」

と、日下刑事がきいた。

「K土地開発のヘリが飛び、事故現場で着陸した。生存者を見つけるためなら、それは公表されているはずだ。しかし逆に、否定した。となれば、逆だといってるんだよ」

亀井は、わからない奴だねという顔で、日下を見、西本を見た。

十津川は笑って、

「カメさん。西本も、日下も、わかっているのさ。だが、信じられないんだよ。おぞましくて」

「生存者がいたのに、見捨てたということでしょう？」

と、西本がきいた。

亀井は、首を小さく横に振って、

「もっと冷酷なことだと、私は思ってるんだ。事故現場を確認し、そこに着陸して、全員が死亡しているかどうかを調べる。生存者がひとりでもいたら、困るからだ」

「もし、生存者がいるのが見つかっていたら——？」

「容赦なく、殺す」

と、亀井はいった。

「まさか。同じK土地開発の社員ですよ」

と、日下が怒ったような声でいった。

「だから、何としてでも、殺す必要があったんじゃないか。そのために、K土地開発のヘリは飛んだんだからな」

と、亀井はいった。

「もう一つ、目的があったかもしれないな」

と、十津川はいった。

「どんな目的ですか？」

今度は、亀井がきいた。

「事故現場に着陸し、自分たちにとって不都合なものは持ち去ることも、目的の一つだったんじゃないのかな」

と、十津川はいった。

「すると、事故そのものが、企《たく》まれたものだということですか？」

「その可能性だって、考えられなくはない」

と、十津川はいった。

「事故調査委員会が、パイロットの操縦ミスと結論したのは？」

「爆発物などが、見つからなかったからだろう。いち早く、K土地開発のヘリが現場に着陸し、証拠物をすべて、持ち去ったとすれば、その結論に達したとしても、おかしくはない」

「広川は、それに気づいて、K土地開発を強請ろうとして、殺されたということになりますか？」

と北条早苗がきく。

「断言はできないが、広川がそれを調べていたのは、間違いないと思うね」

「しかし、広川は、なぜ、K土地開発が必死になって隠していることに、気づいたんでしょうか？　それに、K土地開発を脅せるような証拠をどうして摑めたのかも、不思議なんですけど」

と、早苗がきいた。

「関係者のひとりが、広川に教えたんだと思うね」

と、十津川はいった。

「九月七日に飛んだヘリのパイロットですか？」

「パイロットひとりで、飛んだとは思えないな。万一の時に、ひとりでは処理できないかもしれないからだ。複数の人間が、ヘリに乗っていたと思う。そのなかのひとりが、たぶん、金がほしくてだろうが、広川に事実を話し、彼にK土地開発を強請らせたんじゃないかな。広川はそれを原稿にし、K土地開発を脅した。金を払わなければ、雑誌に発表するといったのだろうと思う。相手は、金を払う代わりに、広川を心中に見せかけて殺してしまった」

「広川にリークした人間を見つけ出せれば、この事件は解決ですね？」

と、西本がきく。

「それが、難しいんだ」

と、十津川はいった。

広川の協力者は、今、怯えているだろう。だから、見つけ出せても、こちらの希望するような証言をしてくれるかどうか、わからない。

十津川は、まず、五年前の事故を見直すことから、始めることにした。

チャーター機の墜落で、K土地開発の幹部五人が死亡した時のこの会社の状況を、把握することにした。

2

K土地開発は、秋山功太郎《あきやまこうたろう》が一代で築きあげた会社である。

彼は、六年前、会社を二部上場させたあと、心臓発作で入院、三カ月後に八十二歳で死亡した。

病床で、彼は、自分の長男功一《こういち》、四十五歳を社長に据え、自分は会長に退《さ》がった。重役会に相談せずにである。こんなところにも、会社は自分のものだという勝手な思いこみがあったのだろう。

秋山が生きている間は、彼を恐れて、その決定に異議を唱えるものはいなかった。七人の重役たちは、反発を覚えながらも、反旗は翻せなかった。

秋山功太郎が死亡したあと、K土地開発の内部が、きしみ始めた。

父の跡を継いで、というより、父の庇護で、新しく社長になった功一は、凡庸な男だった。

父の功太郎も、それをしっていて、自分の息子なのに、会社の要職につけずにいたのだろう。

だが、自分の死期が近づいてくると、やはり、わが子可愛さと、会社は俺が作ったというエゴが働いたに違いない。

功太郎は、凡庸な息子を社長につけると同時に、思い切った人事異動を断行した。

副社長の奥野《おくの》派と思われる部課長五名を、強引に、閑職に追いやり、息子を立ててくれそうな若手五人を部課長にしてしまったのである。

その五人の若手の部課長が、翌年九月、秋田へ出張した直後に、墜落事故で、死んでしまった。

そして、奥野副社長が社長になり、現在に到っている。

社長の椅子にあった秋山功一は、閑職に追いやられてしまっていた。

十津川は、この間の事情を、詳しく調べさせた。

まず、事故で死んだ五人の部課長の名前がわかった。

市川《いちかわ》浩《ひろし》　四十二歳　管理部長
安藤雅彦《あんどうまさひこ》　四十五歳　総務部長
鈴木俊一《すずきしゅんいち》　四十歳　第一営業部長
細野《ほその》徹《とおる》　四十六歳　第二営業部長
三村想一郎《みむらそういちろう》　三十九歳　秘書課長（社長秘書）

すべて、五年前、死亡時の年齢である。

当時、社長だった秋山功一と同じN大卒が、このなかに三名もいる。

「この五人を重用して、息子のことを頼んだということみたいですね」

と、亀井は十津川にいった。

「秀吉《ひでよし》が、五奉行に、秀頼《ひでより》のことを頼んだみたいなものだな」

「そんな表現をした新聞もあったようです」

「その五人が、一瞬に亡くなったというのは、異常だったと思うから、事故当時、いろいろと、噂が立ったんじゃないのか？」

と、十津川はきいた。

亀井は笑って、

「もちろん、噂が流れたそうです。一番多かったのは、副社長派の陰謀だという噂です。しかし、パイロットの操縦ミスという結論になって、その噂は消えたようです」

「なぜ、社長派のこの五人が、秋田へ一緒に出かけたんだ?」

「新しい社長は、社内の人気がなかったそうで、その社長のことを頼まれた五人としては、何とかそのイメージアップを図りたかった。K土地開発は、秋田で一大イベントを計画し、九月五日、総力を結集する形で、この五人が、出かけたというわけです」

「肝心の社長の秋山功一は、出かけなかったのか?」

「五人がきちんとお膳立てをしておいてから、社長が出かけることになっていたそうです」

「なるほどね。反対派にしてみれば、問題の五人を、一時に消す、絶好のチャンスでもあったわけだな」

と、十津川はいった。

「そうです。五人がいなければ、社長の秋山功一を倒すのは、簡単だと思っていたわけでしょう」

と、亀井はいった。

「五人が、ビジネス機をチャーターして出かけたのは、どうしてなんだ？」

「自分たちの団結を誇示する気もあったと思いますね。当時、K土地開発では、社長派と副社長派が、激しく争っていたようですから」

と、亀井はいった。

「五年前の事故の時、警察は、まったく、副社長派のことを調べなかったのか？」

「栃木県警では、事故原因の究明に全力が注がれて、K土地開発という会社の内実まで調べることはしなかったようです」

と、亀井はいった。

「事故の時、九月七日に、現場上空でヘリの爆音がきこえたという話は、本当になかったのか？」

と、十津川はきいた。

「当時の新聞、週刊誌などに片っ端から目を通してみましたが、ヘリのことは、ぜんぜん、載っていません」

と、亀井はいった。

死んだ五人の部長、課長の家族に会った西本と日下の二人も、聞き込みから戻ってきた。

「警部のいわれたとおり、事故の直後は、五人の家族は、これはてっきり、副社長派がやったと考え、会社へ怒鳴りこんだりしたそうです」

と、西本は報告した。

「そうだろうな」

と、十津川はうなずいた。

「それで、五人の家族は、今でも、五年前の事故には疑問を持っているのか？」

と、亀井がきいた。

「とにかく、五年たちましたからね。依然として、疑問を持ち続けているという人は、ほとんどいませんね。それに、保険金などの支払いも、受けてしまっていますから」

と、日下はいった。

「チャーター機のパイロットの家族にも会ってきたんだろう？」

「会ってきました。亡くなったパイロットの未亡人は、現在、生命保険会社で働いています」

「彼女としたら、事故の原因が夫の操縦ミスだという、事故調査委員会の結論には、納得いかないんじゃないのかね？」

と、十津川はいった。

「そのとおりです。今でも、納得できないといっていました。しかし、すでに結論が出てしまっているから、諦めるより仕方がないみたいないい方もしていましたね」

と、西本はいった。

「五年前の事故が、仕組まれたものだとすると、死んだパイロットは、何か気づいていたんじゃないかね？　彼が秋田まで往復、操縦したんだから」

と、十津川はいった。

「私も、その点をきいてみたんです。秋田で休んでいるとき、何か電話してこなかったかと。でも、よく覚えていないといっていました。何しろ、五年前ですからね。何か思い出したら、電話するとはいってくれましたが」

と、日下はいった。

3

五年前も今も、K土地開発は二機のヘリを所有している。

問題の五年前、この二機のヘリに対して、K土地開発の航空部には、三名のパイロットと二名の整備士がいた。

○パイロット
味岡恒彦《あじおかつねひこ》（四十六歳）
斉藤五郎《さいとうごろう》（四十歳）
伊東《いとう》　司《つかさ》（三十二歳）

○整備士
小林友一郎《こばやしゆういちろう》（五十歳）
細野《ほその》　明《あきら》（四十五歳）

この五人のことを調べてきたのは、三田村と、北条早苗の二人だった。

「この五人のうち、今も残っているのは、パイロットの味岡恒彦、伊東司、それに整備士の細野明の三人です。やめた二人の後任として、若いパイロットと整備士が入ってきています」

と、三田村はいった。

「五年前の九月七日に、千葉にいっていたパイロットというのは、このなかの誰なんだ？」

と、十津川はきいた。

「味岡恒彦です。これは間違いなく、千葉に飛んでいます」

「すると、やめた斉藤と、今もK土地開発に残っている伊東の二人が、九月七日にヘリを飛ばして、日光へいった可能性があるわけだな」

「そうなります」

と、早苗がいった。

「問題は、そのパイロットというより、同乗していた人間ということになりませんか？」

亀井が、横からいった。

「だが、カメさん。その人間を見つけるのは難しいよ」

と、十津川はいった。

「やめた斉藤五郎は、今、どこで、何をしているのか、わからないのか？」

と、亀井が、三田村と早苗の二人に、きいた。

「K土地開発の人間にきいてみたんですが、しらないという返事しか、返ってきませんでしたわ」

と、早苗がいった。

「この斉藤が、広川に話したのかもしれませんね」

と、亀井がいう。

「会社をやめたあと、金に困って、五年前の真相を広川に売ったか」

「そうです」

と、亀井はうなずいてから三田村と早苗の二人に、

「何とかして、この斉藤五郎を見つけ出せ。もし、この男が五年前の真相をしっているとしたら、早く見つけないと、消される恐れがあるからな」

「消息が摑めないんですが――」

と、三田村がいう。

「今、日本には、二千機のヘリがあるそうだ。ヘリ王国日本なんだよ。パイロットが不足しているといわれている。だから、斉藤は、今も、どこかでパイロットとしてヘリを飛ばしているんじゃないかな」

と、十津川はいった。

「わかりました。ヘリのパイロット仲間を当たってみます」

三田村がいい、早苗を促して、また、聞き込みに出ていった。

そのあとで、亀井が十津川に、

「五年前の事故のことで、広川にリークしたのは、この斉藤というパイロットだと思われますか？」

ときいた。

「ほかの二人は、今でもK土地開発で働いているからね。会社にとってマイナスになるようなことは、話せないだろう。その点、やめた人間なら、平気で話せるだろうし、もし、K土地開発をやめた時の事情が、腹立たしいものなら、喜んで真相を話したかもしれない」

と、十津川はいった。

捜査本部の黒板には、三人のパイロットと、二人の整備士の名前が書かれ、入手した顔写真が、名前の下に、鋲で留めてある。

十津川は、斉藤の顔写真に目をやった。

（この男が、広川と男体山に登ったのではないのか？）

広川と斉藤が話しながら、五年前の事故現場に向かって登っていく姿を十津川は想像した。

斉藤が五年前の自分の行動を思い出しながら喋り、広川がそれをテープに録音していく。

斉藤が、どんな気持ちで、真相を喋っていたのかわからない。広川のほうは、わくわくしながら話をきき、テープに入れていたことだろう。

大変な特ダネだし、同時に、K土地開発からいくらでも大金を強請り取れる話だからだ。

その時、近くで、野猿が鋭い声で啼いたのだろう。もちろん、その啼き声も、はっきりとテープに録音された。

帰宅した広川は、その録音をききながら、活字にする作業を始めた。

それが、隣室の会社員にきこえた。斉藤の話の部分は、声が小さくてきこえなかったが、野猿の啼き声のほうは、甲高いので、はっきりきこえた――。

だが、三田村と早苗の二人は、なかなか斉藤を見つけられないようだった。

この日、夜遅く、捜査本部に戻ってきた二人は、疲れた顔で、十津川に首を横に振って見せた。

「パイロット協会できいたんですが、誰も斉藤の消息をしりませんでした」

と、三田村は元気のない声を出した。

「協会員の名簿に載ってないのか？」

と、十津川はきいた。

「載っているんですが、二年前にK土地開発をやめてからは、まったく連絡がとれないというのです。一応、住所と電話番号は教えてもらいましたが、その住所にいませんし、電話もかかりません」

と、三田村はいった。

「彼の友人や、知人にも、当たってみたのか？」

「何人かに当たってみました。その結果、去年の十月あたりから、急に、連絡が取れなくなったようです」

「結婚はしているんだろう？」

「していました。ただ、二年前にK土地開発をやめた頃、離婚し、小学五年だった娘は、わかれた奥さんが引き取っています」

「その奥さんにも会ったのか？」

と、十津川がきくと、早苗が、

「八王子《はちおうじ》に住んでいるので、会ってきましたわ。実家が料理店をやっているので、今は、女将の母を助けて、店を守っています。ただ、わかれた夫のことは、何もしらない。連絡もつかないといっていましたわ」

「本当に、連絡はないのかね？」

と、亀井はきいた。

「ないようです。どうも、去年の十月頃に、斉藤の身に何かあったんじゃないかと思いますわ」

「何かというのは、亡くなったんじゃないかということかね？」

「そうですわ。急に消息が途絶えたのは、そのためだったと思います」

「彼の故郷は？」

「福井市内で、そこには、まだ母親が住んでいるということですが、電話番号がわかりません」

「母親なら、消息をしっているかもしれないな。明日、向こうの警察に頼んで、調べてみてくれ」と、十津川はいった。

翌日、早苗が福井県警に電話をかけ、斉藤の母親を捜してくれるように頼んだ。

二時間後に、その回答があり、斉藤の母親の住所と電話番号が教えられた。

早苗が電話を入れ、息子の消息をきく。

「あの子は、亡くなりましたよ」

というのが、その答えだった。

早苗は、十津川には亡くなっているのではないかといっていたが、それでも、現実に亡くなったといわれると、ショックを感じないわけにはいかなかった。

「それは、いつですか？」

と、早苗はきいた。

「去年の十月ですよ」

と、斉藤の母親はいう。

「病気で亡くなったんですか？」

「いえ。交通事故ですよ。酔っ払って車を運転して――」

と、母親はいう。

「場所はどこですか？」

「名古屋《なごや》です。向こうの警察から連絡があって、あたしが、遺体を引き取りにいきました」

「名古屋に、住んでいたんですか？」

「ええ」

「名古屋で、どんな仕事をしていたんでしょうか？　K土地開発にいた時と同じように、ヘリの操縦をやっていたんですか？」

「いいえ」

「じゃあ、何を？」

「向こうへいってわかったんですけど、名古屋で女と小さなバーをやってたんですよ。会社をやめた時にもらった退職金で――」

と、母親はいった。

「その女の人に会いましたか？」

「いいえ。あの子の葬式にもきませんでしたよ。そういう女なんでしょうね」

母親は、電話の向こうで、溜息をついた。

「なぜ、名古屋にいらっしゃったんでしょう？」

と、早苗がきくと、母親は、

「きっと、女が名古屋の人間で、あの子は引きずられたんだと思いますけど」

相変わらず、母親は、電話の向こうで、溜息をつきながらの答えだった。

そのやりとりがあったあと、早苗は電話を切り、十津川に、

「斉藤は、去年の十月に、亡くなっていました。酔っ払い運転の事故だそうです」

と、報告した。

「交通事故か。なんか、臭いな」

と、十津川はいった。

「私も、そう思いますわ」

と、早苗はいった。

「まず、事故で斉藤が、本当に亡くなっているか、確認してくれ」

と、十津川はいった。

早苗は、三田村と、去年十月の新聞縮刷版を資料室から持ってきて、調べた。

その事故は、十月二十日の夕刊に載っていた。

この日の午前三時四十分頃、JR名古屋駅近くの路上で、バー〈スカイウェイ〉の経営者斉藤五郎（四十四歳）の運転する車が、対向車線に飛び出し、大型トラックと衝突し大破、運転者が死亡したとあった。

警察が調べたところ、斉藤の酔っ払い運転が原因と思われるとも、書いてあった。

やはり、間違いなく死亡していたのである。

「去年の十月二十日に亡くなっているとすると、斉藤が、五年前のことを、広川に話したということは、ちょっと考えられません」

と、早苗と三田村は、十津川にいった。

確かにそのとおりだと、十津川も思った。もちろん、斉藤が、死ぬ前に広川に話したとは、考えられなくはないが、それなら、もっと早く、広川は原稿を書いているだろうし、K土地開発を脅迫していたはずである。そして、もっと早く、殺されていたろう。

「広川に喋ったのは、残りの二人のパイロットと二人の整備士の誰かということになってくるね」

と、十津川はいった。

「斉藤が名古屋で一緒にバーをやっていた女も、無視できないと思います」

と、三田村がいった。

「斉藤が、彼女に、五年前の件を話していたという可能性か」

「そうです。斉藤が亡くなってから、今年になって、金に困り、広川に話したということも考えられますから」

と、三田村はいった。

「そうだな。可能性がある限り、無視はできないな」

十津川は、うなずき、三田村と早苗の二人に、明日、名古屋へいってくるようにいった。

4

翌日、この二人を見送ったあと、十津川は、亀井と、調布飛行場へ出かけた。

飛行場の一角に、K土地開発航空部の建物と、格納庫があった。

五年前の事故の真相を、広川にリークしたのが、やめた斉藤五郎でないことは、わかった。

と、すれば、今も、K土地開発に残っているパイロットか、整備士の可能性が、強くなってくる。

整備士は、あの日、ヘリに同乗していないだろうから、パイロットが、怪しい。

今も残っているパイロットは、味岡恒彦と、伊東司の二人である。

味岡のほうは、あの日、千葉に、仕事でいっていたことが、わかった。

と、すれば、残るのは当時三十二歳だった伊東司である。今は、三十七歳になっているはずだ。

十津川と、亀井は、K土地開発航空部の建物のなかに入っていった。

事務員が、三人いた。

受付のところにいる女事務員に、警察手帳を見せると、相手は驚いて、奥から、部長だという五十歳ぐらいの男を連れてきた。

〈K土地開発　航空部部長　島崎《しまざき》　豊《ゆたか》〉

という名刺を、十津川と、亀井にくれてから、二人を、奥の応接室に案内し、

「どんなご用でしょうか？」

と、きいた。

若い女性事務員が、お茶を運んでくる。

「ここには、二機、ヘリがあるんですね？」

と、十津川は、まず、何気ないところから切り出した。

「そのとおりです。今、私どもの仕事は、何よりも、迅速でなければなりません。それで、当社では、前々から、ヘリを購入して、使用しています」

と、島崎は自慢げにいった。

「なるほど。迅速さが、大切ですか」

と、十津川は感心して見せてから、

「今、パイロットの方は、何人ですか？」

「三名です。いずれも、ベテランのパイロットですよ」

「その三人の誰かに、いろいろと、仕事のことを、おききしたいんですが」

と、十津川はいった。

「誰がいいかな」

「三人の顔写真とか、略歴を書いたものはありませんか」

「ありますよ」

と島崎はいい、パイロットの名前が載っているパンフレットを見せてくれた。

味岡恒彦、伊東司、井上敬《いのうえたかし》の三人の名前が載っている。

このうち、井上敬は、五年前の事故のあと、K土地開発に入社してきたパイロットだろう。

十津川は、わざと、しばらく、考えてから、

「この伊東さんというパイロットに、お会いしたいと思いますが」

と、いった。

「たぶん、格納庫のほうにいると思いますので、すぐ、呼びましょう」

と、島崎はいった。
五、六分して、その伊東司が、応接室に入ってきた。
目つきの鋭い、細面の男だった。

伊東は、じろりと、十津川たちを見てから、

「コーヒーを頼んで下さい」

と、島崎にいった。

おかしかったのは、島崎部長のほうが、すぐ、いわれるままに、コーヒーを注

文しにいったことだった。

十津川は、伊東に向かって、

「今、ヘリのパイロットが関係する事件を扱っていましてね。捜査上、パイロットの実態をしらなければならないので、あなたに、お話を伺いたいと、思ったのですよ」

と、いった。

伊東は、運ばれてきたコーヒーを、ブラックで飲んでから、

「なんでもきいて下さい」

「この会社には、何年ぐらい勤めているんですか？」

と、十津川はきいた。

「間もなく、八年になるのかな」

と、いい、伊東は、また、コーヒーを、口に運んだ。

「ヘリの操縦は難しいときいているんですが、本当ですか？」

「そうね。機体を安定させることが、難しいですからね。しかし、馴れればこんなに面白いものはないですよ」

と、伊東はいう。

「自由自在に飛び回れるからですか?」

「まあ、そうですね」

「ここでは、主に、どんなことで、ヘリを飛ばしているんですか?」

「土地の測量、お客の輸送、そんなところですかね」

「救急活動の場合も、飛ばれるんでしょう? 例えば、災害が起きた時なんかに」

と、十津川はきいた。

「そうですね。本来の仕事じゃないが、要請があればね」

と、伊東はいった。

十津川は、急に思い出したというように、

「そういえば、確か何年か前に、飛行機事故で、K土地開発の方が、何人も、一時に亡くなったことがありましたね」

と、いった。

一瞬、伊東の顔が歪んだように見えた。が、すぐ元の表情に戻って、

「そんなことが、ありましたかね」

「ありましたよ。そうだ、五年前だった。K土地開発がチャーターした飛行機

が、行方不明になって、そのあと、日光男体山の山腹に激突しているのが、発見されたんです。そうでしたね？」

と、いった。十津川は、伊東を見た。

「そうでしたか。何しろ、昔のことなので、よく覚えていませんね」

と、伊東はいった。

「あの時こそ、自慢のヘリを飛ばして、生存者を探す時だったんじゃありませんか？　いや、あの時は、ヘリが飛んで、チャーター機の行方を探したんでしょう？」

と、十津川はいった。

伊東は、小さく手を振って、

「思い出しましたよ。あの時、二機のヘリのうち、一機は、千葉のほうに仕事で出かけていて、もう一機は、故障していて、捜索にはいけなかったんです。残念でしたが」

と、いった。

「それは、残念でしたね。ヘリで、いち早く見つけていれば、あるいは、ひとりか二人、生存者を見つけ出せたかもしれなかったのに」

「まあ、事故の状況から見て、生存者はいなかったと思いますがね」

と、伊東がいった。

「あなたは、その時、千葉のほうにいっておられたんですか？」

と、亀井がきいた。

伊東は、亀井に目を向けて、

「いや、僕は、ここにいました。いらいらしながら、ヘリの故障が直るのを待っていたんですが、とうとう、間に合わなくて——」

「そうですか。間に合わなかったんですか」

「ええ。ところで、お二人が調べている事件ですが、そのパイロットは、どんなことをしたんですか？」

伊東が、きいてきた。

「それが、ちょっと似た事件でしてね。実は、同じように、チャーター機が墜落しまして、パイロット、乗客とも、全員が死亡したんです」

「最近、そんな事件がありましたか？」

伊東が、疑わしげに十津川を見た。

「ずいぶん昔の事件ですよ。悲惨でしたが、ほかの飛行機事故と同じだと、最初、思われたのです。ところが、最近になって、事故当日、墜落現場の上空をヘリが飛んでいたという話が、出てきたんです。もし、それが事実なら、なぜ、それを報告しなかったのか、ひょっとして、生存者がいたかもしれないのに、なぜ、助けようとしなかったかが、問題になりますからね」

と、十津川はいった。

伊東の顔が蒼ざめている。

「きいていますか？」

と、十津川は伊東を見た。伊東は慌てた様子で、

「きいていますよ」

「それで、当日、墜落現場の上空を飛んだというヘリのパイロットが、見つかりましてね。それで、話をきいたわけです。なぜ、その時、生存者がいるかどうか、確認しなかったのか。すぐ、墜落現場を警察にしらせなかったのかと」

「そのパイロットは、何といっているんですか？」

と、伊東がきく。

「それが、黙秘なんですよ。それで、パイロットの心理というのをしりたくて、こうして、伊東さんのような優秀なヘリのパイロットの方々に、お会いして、話

をきいているわけです」

と、十津川は、わざと淡々とした口調で話した。

「僕は、そのパイロットじゃないから、参考にならんでしょう」

伊東は、怒ったような口調でいった。

「そんなことはありません。大いに参考になりました。お礼を申しあげます」

「いや、参考にはならないと思います」

と、伊東は硬い表情でいった。

「ご謙遜です。それに、伊東さんは、五年前、ヘリが故障していなければ、われわれが、今、調べているパイロットと同じ状況に置かれていたかもしれないのです。だから、本当に参考になりましたよ」

「――――」

「またくるかもしれません。その時は、いやがらずに相談にのって下さい」

と、十津川はいい、亀井を促して腰をあげた。

5

二人は、事務所を出た。

「あのパイロットは、予想したとおりの反応を見せましたね」

と、パトカーに向かって歩きながら、亀井が満足そうにいった。

「そうだな。彼が、ヘリで墜落現場の上を飛んだかどうかはわからないが、事故の真相をしってることは確かだね」

と、十津川はいった。

パトカーに戻る。

乗りこんでから、十津川は携帯電話を取り出して、ボタンを押していった。

――西本です。

と、相手が応える。

「今、どこだ？　調布飛行場にきているか？」

――きています。警部のパトカーが見えます。

「相手の反応は、予想どおりだった。あとは頼む。予定どおり、行動してくれ」

そう、いい残して、十津川は電話を切り、亀井を促して、パトカーを発進させた。

「事務所の二階から、われわれを見ていますよ」

と、亀井は、バックミラーを見ながらいった。

「それでいいんだよ。無関心だと、困るんだ」

と、十津川は笑った。

だが、車が飛行場を離れるあたりから、十津川は難しい表情になっていた。

今日、伊東に会って、圧力をかけたことが、果してプラスかマイナスか、十津川自身にも判断がつきかねたからである。

伊東の顔色が変わったことは、確認できた。問題は、このあとである。

伊東がどう動くか、K土地開発がどう出るか、今のところ、見当がつかないのだ。

何しろ、五年前の事故である。その上、事故調査委員会の報告書も出ている。操縦ミスということで、パイロットがすべての責任をかぶる形でこの事故は処理されてしまい、現在に到っている。

伊東もK土地開発も、五年前の事故だということで、何の動きも示さないかもしれない。

その場合、十津川としては、次に打つ手が見つからないのだ。

五年前の事故の真相といっても、十津川たちが、想像を逞しくしているだけで、証拠はないのである。

五年前の事故が、細工されたものであっても、今となっては、それを証明することは難しい。

「あとは、整備士に当たってみますか？」

と、亀井がいった。

「五年前の事故の時、K土地開発の航空部で働いていた整備士か」

「そうです。九月七日に、本当にヘリが故障していたかはしっているはずです」

と、亀井がいう。

「そうだろうが、もし、整備士がその日、ヘリは故障していなかったと証言しても、五年前だからね。記憶違いで、片づけられてしまう恐れがある。その整備士が、事故の真相までしっているかどうかなんだ」

と、十津川はいった。

「あの会社のどこで計画され、誰が実行したかが、問題になってきますね。そこまでわかれば、事件は解決に向かうんですが」

亀井も、十津川と同じように難しい表情になっていた。

広川を殺した犯人が、見つかったとしても、その奥にある、五年前の真相が明らかにされない限り、本当の解決とはいえないだろう。

「いざとなったら、K土地開発は、会社を守るために、広川殺しの犯人を、でっちあげるかもしれませんね」

と、亀井がいった。

正直にいえば、十津川が、一番恐れたのは、それだった。今日、十津川はパイロットの伊東と、K土地開発に、圧力をかけた。その反応が、犯人のでっちあげに、なってくるかもしれないのである。

前にも、似たような事件で、突然、犯人を自称する男が、出頭してきたことがあった。

今は、金と力さえあれば、殺人犯だって、でっちあげることができる。

捜査本部に戻ってしばらくして、西本から、携帯電話による連絡があった。

——今、調布飛行場です。日下が、ヘリで、千葉の土地を見たいと、事務所で、申しこみをしながら、様子を見ています。

「君は、どこだ?」

——車のなかから、事務所の様子を窺っているところです。警部が圧力をかけた結果をしりたいので。ちょっと待って下さい。今、車がきました。どうやらK土地開発のお偉方が、到着したようです。写真を撮ります。

それで、西本の報告が、いったん、途切れた。七、八分して、また、西本から、電話が入った。

——写真を撮りました。それから、日下が戻ってきたので、代わりますか?

「代わってくれ」

——日下です。今、突然、会社の幹部と思われる人間が二人、事務所に入ってきて、私は、追い出されてしまいました。

「その二人が、何を喋っているか、しりたいが」

——彼等は、すぐ、ここの部長と、伊東パイロットの二人と一緒に、奥の応接室に閉じ籠ってしまったので、何を話しているのか、わかりませんが、連中が、慌てていることは間違いありません。

「警察に対する対応策を練っているというところか?」

——そうですね。警察が、どこまでしっているかを話し合っているんだと思います。私と西本はしばらくここに残って、様子をみたいと思います。

夜に入って、名古屋にいった三田村と、早苗から、電話で、最初の連絡が入った。

——斉藤の女の名前が、わかりました。林《はやし》ゆり子。三十一歳です。

と、三田村がいった。

「それで、彼女に会えたのか？」

と、十津川はきいた。

——残念ながら、まだ、会えずにいます。問題のバーですが、閉ったままですし、彼女のマンションは見つけたんですが、そこにもいません。行方不明ということです。

「彼女は、いつから行方不明なんだ？」

——斉藤が、交通事故で亡くなった直後からのようです。店は、閉ったままだし、マンションの管理人や、住人にきいても、彼女の顔を見かけないといっています。

「彼女も、消されたかな?」

──その恐れは、充分にあると思います。

「何としてでも、その女の消息を摑んでくれ」

と、十津川はいった。

電話がすむと、十津川は亀井に、

「いやな予感がする」

と、いった。

相手は、思った以上に、手強いのかもしれない。

十津川の想像が当たっていれば、五年前の事故は計画されたもので、しかも、事故直後にヘリを飛ばして、墜落現場で、生存者を殺し、工作の証拠を消しているのだ。

ヘリのパイロットひとりで、できることではない。一つの組織が動いたとしか考えられない。

その組織が、五年たった今、また、動き出したのではないのだろうか?

第四章　組織

1

十津川は、改めて想像を逞しくしてみた。

K土地開発で、主導権を奪われた副社長派が、五年前の九月、反撃した。社長派の幹部五人を、チャーターした飛行機に乗せて秋田へいかせ、その帰路、チャーター機は男体山で墜落、五人とパイロットは死亡した。

この事故後、社長派は勢いを失い、副社長派が会社の実権を握って、今日に到っている。

チャーター機の墜落が仕組まれたのだという証拠はないし、すでに、パイロットの操縦ミスという、事故調査委員会の結論が出てしまっている。この結論を覆《くつがえ》すことは難しいだろう。

問題は、やはり、K土地開発の持っていたヘリの動きである。

殺された広川は、そこに目をつけたのだろう。

あるいは、墜落現場でヘリの爆音をきいたという噂は、前からあったのかもしれない。

だが、誰も、その話に耳を傾けなかった。なぜなら、もし、ヘリが現場に着いていたのなら、警察にしらせるはずだ。それがなかったということは、ヘリが飛んでいなかったことになると、誰もが考えたからである。それに、二機のヘリを持っていたK土地開発は、当日、ヘリを日光に飛ばしたことはないと発表した。

それで、この噂は、かき消されてしまったのだ。

だが、広川は、この噂話に食いついたに違いない。

そして、K土地開発の人間が、金ほしさに、広川に、当日、K土地開発のヘリが飛んだと話したのだ。

広川に話したのは、たぶん、問題のヘリに乗っていたパイロットだろう。

斉藤の操縦するヘリは、五年前の九月七日、日光上空を飛んだのだ。

もちろん、墜落したチャーター機を探すためだが、なぜ探すかは、生存者がいたら、それを助けるためではなく、逆に、生存者がいた場合は、それを殺すためだったろう。

もう一つ、このヘリには、使命があったと思われる。

チャーター機の墜落が、発表されたようなパイロットの操縦ミスではなく、時限爆弾を使った人為的なものだった場合、その証拠が残ってしまう。ヘリが墜落現場に急行し、その証拠を消してしまうことも、使命の一つだったはずである。

それは成功して、事故調査委員会は、操縦ミスと断定したのだ。

パイロットの斉藤に、その二つがやれたとは思えない。

考えられるのは、そのヘリにはほかに、実行部隊が何人か乗っていたということである。

墜落現場にヘリが着陸できるとは限らないから、その場合は、ヘリは上空でホバリングし、実行部隊はロープで降下することになるだろう。

現に、チャーター機の墜落した場所は、男体山の急な斜面だった。

したがって、ヘリはホバリングし、実行部隊はロープで降下したはずである。

彼等が何名いたかわからないが、そうした訓練も受けていたに違いなかった。

それに、時限爆弾の構造などに詳しくなければ、それを見つけて持ち帰ることはできない。

ほかにも、必要な条件はいくつか、考えられた。

もし、死んだ幹部のなかに、墜落の時、生存していた者が、何人かいたとする。それを素早く、息の根を止めなければならないのだから、格闘技に秀《ひい》で、何よりも冷酷でなければならない。

最低三人は必要と、十津川は考えた。

五年前の九月七日、そうした男たちを乗せ、斉藤が操縦して、ヘリは飛び立ったのだ。

もし、チャーター機が墜落した時、生存者が何人かいたとしよう。

そこへ、自分の社のヘリが飛来する。

傷を負った生存者たちは、必死になって、ヘリに向かって合図を送る。

ヘリは彼等の頭上でホバリングを始め、ロープを伝って、男たちが降下してくる。

生存者たちは、これで助かったと、ほっとする。

地面に降りた男たちに向かって、歓声をあげたことだろう。

だが、次の瞬間、降下してきた男たちは容赦なく、生存者たちを殴り殺していく。

その光景は、きっと、おぞましいものだったに違いない。

十津川は、さらに、実行部隊について、考えを進めていった。

あまり若くても、といって、あまり老人でもできないだろう。

五年前、彼等はたぶん三十歳前後だったに違いない。

格闘技を習得している。

ヘリからの降下ができる。

爆発物の知識がある。

冷静、冷酷である。

口が堅い。

人数は、三人から五人。

「元自衛隊員ということも、あり得ますね」

と、亀井がいった。

陸上自衛隊の降下部隊に所属していれば、ヘリからの降下はできるだろう。

「自衛隊にいたとすれば、爆発物の知識があってもおかしくはない」

と、十津川もいった。

「五年前のK土地開発に、元自衛隊の人間がいたかどうか、調べてみましょう」

と、亀井はいった。

K土地開発の五年前の社員住所録が、ひそかに入手され、それにしたがって、社員の経歴を調べていった。

この時、K土地開発には四人の元自衛隊員が社員になっていた。

この四人について、自衛隊時代のことが、自衛隊に協力を求めて、調べられた。

いずれも陸上自衛隊で、このうち二人は降下部隊に所属していたことが判明した。

ヘリに乗りこみ、敵の背後に強行着陸する訓練も受けていたらしい。

あとの二人のうちのひとりは、爆発物の知識があることがわかった。

最後のひとりは、五年前、すでに四十九歳だったので、除外した。

この結果、残った三人の男の名前は、次のとおりだった。

早瀬《はやせ》　匡《ただし》（当時三十歳）

近藤克彦《こんどうかつひこ》　（当時三十一歳）
朝倉信介《あさくらしんすけ》　（当時三十四歳）

もちろん、この三人が五年前の九月七日、ヘリに乗りこみ、斉藤が操縦して、墜落現場に向かったという証拠はない。

この三人もK土地開発も、きけば当然、否定するだろう。

「現時点では、この三人に任意同行を求めることはできないな」

と、十津川は、黒板に書いた三人の名前を見ながら、いった。

「別件で、逮捕したらどうですか？」

と、西本がいう。

十津川は苦笑して、

「私は、嫌いなんだ。便利だから、一度やればやめられなくなるのも怖い」

と、いった。

「どうします？」

と、亀井がきいた。

「証拠はないが、われわれの推理は当たっているはずだ。殺人が起きているからね」

と、十津川はいった。

「そう思います」

「とすれば、会社にとって、この三人はいつ爆発するかわからない、危険物でもある」

「最近、この三人は企画室というところに集められているそうです。この三人だけの部署です」

と、亀井はいった。

「何をやるんだ？　企画室というのは」

と、十津川はきいた。

「一応、新しい事業の企画、実施となっていますが、今までにこの企画室で企画され、実施された事業は、皆無ですね」

と、亀井が笑った。

「すると、この三人を一カ所にまとめて、監視しやすくするのが目的だろうね」

「と、思います。これは、確認していませんが、三人の給与はかなり高いという話です」

と、亀井はいう。

「金で黙らせておこうということか。金だけでなく、将来、会社の幹部にも引きあげると、約束しているんだろうね」

「当然、持ち家にも配慮しているんじゃありませんか」

と、日下がいった。

「三人の私生活も調べてみよう。どこかに、アキレス腱があるはずだ」

と、十津川はいった。

これは、一刻も早く調べ出す必要があった。

会社側が、この三人の口を封じてしまう危険があったからである。

刑事二人で、この三人のうちのひとりずつを担当して、捜査が開始された。

早瀬匡は、現在、中野区沼袋《なかのくぬまぶくろ》に家を持ち、妻の宏子《ひろこ》と五歳になる娘のみどりと一緒に住んでいた。

近藤克彦は、杉並区高井戸《すぎなみくたかいど》に、これも家を持ち、妻の浩子《ひろこ》と住んでいるが、子供はいない。

一番年長の朝倉信介は、三十九歳の今は独身で、渋谷区神宮前《しぶやくじんぐうまえ》のマンション暮らしである。

朝倉をマークする西本と日下は、

「彼は、三年前に、上司の紹介で見合い結婚していますが、去年の暮れに離婚しています。それ以来、酒量が進み、女遊びも激しくなったそうです」

と、十津川に報告した。

「そのあたりが、アキレス腱かもしれないな」

と、十津川はいった。

「一週間に、三、四回は新宿あたりで飲んでいるようですから、何とか、崩してみます」

と、西本はいった。

娘のいる早瀬は、真面目に、決まった時間に帰宅していた。酒はあまり飲まず、ギャンブルもやらない。

近藤克彦のほうは、ギャンブル好きで、妻の浩子に内緒の借金が、かなりあるらしいことがわかった。

そこで、三田村と北条早苗の二人の刑事が、近藤克彦を尾行し、監視することになった。

2

朝倉が新宿でよくいく店は〈暦《こよみ》〉というクラブで、歌舞伎町の雑居ビルの二階にあった。

西本と日下は、その店へいき、ママに警察手帳を見せて、朝倉のことをきいた。

「ここには、よくくるそうですね？」

と、西本は、カウンターで、ビールを前において、きいた。

「常連さんのおひとりですよ」

と、ママは答えた。

「彼は、ここの女の子の誰が、気に入ってるんですか？」

「そうね。かずきちゃんかしら」

「その子に、会いたいんですが」

と、西本はいった。

ママが、彼女を呼んでくれた。若く見えるが、三十二、三歳といったところか。

朝倉の名前を出すと、かずきはくすっと笑って、

「朝倉さんは、大事なお客さん」

「それ、金払いがいいということ？」

と、日下がきいた。

「いろいろと、買ってくれるし――」

「なるほどね。気前がいいんだ」

「ええ」

「しかし、朝倉さんは、サラリーマンだろう。よく、お金があるね」

「大きな仕事をしてるから、給料もいいんですって」

と、かずきはいう。

「大きな仕事って、何かな？」

「よくしらないけど、暮れのボーナスもたくさんもらえるらしいわ」

「じゃあ、高い物を買ってくれそうなんだ？」

「そうなの」

かずきは、また、嬉しそうに笑った。

「あの報酬かな?」

と、西本が、小声で、日下にいった。

「猿が啼いた件か」

「ああ」

と、西本はうなずいてから、かずきに向き直って、

「そんなに収入のいい男なら、いっそのこと、彼のお嫁さんになったらどうなの? 彼、独身だから」

「そうなんだけど――」

かずきが、急に、曖昧な表情になった。

「そうか。君に亭主がいるのか?」

「あたしは、ひとりですよ」

「じゃあ、文句ないじゃないの」

「ええ」

「彼のマンションに、いったことはあるんだろう?」

「何回かね」

「その時、何かあって、一緒になるのが怖いんだ?」

と、日下は女の顔を見た。

「あの人ね――」

「うん」

「一緒に寝てたら、大きな声をあげたのよ」

と、かずきはいう。

「寝呆《ねぼ》けたんだ」

「ええ。でも――」

「うなされたのか」

「そうなの。気味が悪くなっちゃって。大事なお客なんだけど、ちょっとねえ」

と、かずきがいった。

「そのことを、彼にきいてみた？」

「うなされたこと？」

「ああ。そうだ。君だって、しりたいだろう？　どうして、彼が、うなされるのか」

「怖くてきけないわ。ねえ、刑事さん」

「何だ？」

「朝倉さん、何か悪いことをしたんですか？」

「してれば、とっくに捕まってるわよ」

と、横から、ママがいった。

かずきは、ほっとしたように、

「よかった。朝倉さんが捕まっちゃったら、ボーナスで車を買ってもらえなくなるわ」

「車を買ってくれるのか？」

「ベンツの小さいやつだけど」

「ベンツC200だろう？」

「ええ。真っ赤なやつがほしいって、いってあるのよ」

と、かずきは嬉しそうにいう。

日下と西本は、顔を見合わせた。

ベンツは、小型のC200でも、何百万かする。

朝倉は、ほかの二人と、広川を心中に見せかけて殺したのだろう。その報酬として、ホステスにベンツC200をあっさり買ってやれるほどのボーナスを、会社からもらうことになっているに違いない。

早瀬と近藤も、たぶん、同じ額のボーナスを手に入れるのだろう。それとも、すでに、支払われてしまっているのか。

二人は、いったん、その店を出た。

「殺しの報酬は、何百万か」

と、歩きながら、西本が呟いた。

「いや、もっと多いかもしれないな。ホステスにポンとベンツC200を買ってやれるんだ。一千万はもらうだろう」

日下が、訂正するように、いった。

「そうだな。二人の人間を殺したんだ。そのくらいは会社からもらわなければ合わないかもしれないな」

「五年前の事故の時は、今回より、もっともらったんじゃないかな。何しろ、チャーター機を墜落させて、パイロットを含めて六人を殺し、さらに、生きている人間がいるかどうかを確認、生きていたら息の根を止めることまで、引き受けたんだから」

「そうだよ。今回の殺人より、難しい仕事だったに違いないからね」

と、西本もいった。

3

三田村と北条早苗は、府中《ふちゅう》競馬場にきていた。

G1レースではないのだが、それでも人で溢れている。

歓声と溜息が交錯する。だが、三田村と早苗は、レースは見ていない。二人が見ているのは、観客のなかの近藤克彦だった。

レースごとに、近藤は、小さなバッグを抱えて、馬券売場に走る。三田村と早苗は、交代で、近藤と一緒に動いた。

近藤の買い方は、無茶苦茶といってもよかった。

本命は外して、穴を狙う。

それも、十万、二十万と、大金を注ぎこむのだ。

適中すれば、十倍、二十倍になって戻ってくるだろうが、この日はレースが荒れず、近藤は一日で、三百万以上損をしたと、三田村たちは計算した。

このあと、近藤は、六本木《ろっぽんぎ》に出て、クラブで飲み始めた。

悪酔いする癖があるのか、近藤は、しばらくたつと、二人連れの客と口論になり、近藤のほうが、いきなり殴りかかった。

さすがに元自衛隊員だけあって、二人を投げ飛ばした。が、そのなかのひとりがナイフを取り出して、近藤に切りつけてきた。

遠くの席から、近藤を監視していた三田村が、立ちあがって、止めに入ろうとしたとき、ママが一一〇番したとみえて、警官が飛びこんできた。

近藤は、その警官にも殴りかかり、結局、赤坂《あかさか》警察署まで連行されていった。

三田村と早苗は、赤坂警察署へいって、近藤の様子をきいた。

二人がいった時は、近藤は留置場にほうりこまれていた。

「手を焼きましたよ」

と、寺田という警官が、三田村たちにいった。

ここへ連れてきたあとも、暴れまくったのだと、いう。

「事情聴取はできたんですか？」

と、早苗がきいた。

「何とかやりました」

「どんなことを、いってました？」

「面白くないから殴ったとか、突然、死にたいんだとか、わめき散らしていましたよ。何か鬱積《うつせき》したものが、あるんじゃないですかね」

と、寺田は、苦笑しながらいった。

「彼の奥さんには、しらせたんですか？」

「しらせるなと、怒鳴っていますがねえ」

「しらせて下さい」

と、早苗はいった。

寺田は、怪訝そうな顔になって、

「呼んだほうがいいんですか？」

「ええ。奥さんに会って、話がききたいんです」

と、早苗はいった。

夜も遅かったが、寺田が、近藤の自宅に電話をかけた。

妻の浩子がきたら、早苗が、応対することに決めた。

夫婦仲はよくないという噂だが、警察からの連絡では、ほうっておくわけにはいかないと思ったのだろう。

車でやってきた。眉をひそめているところを見ると、夫の不始末に腹を立てていることがわかる。

早苗は、笑顔で、浩子を迎えた。

浩子は、女の刑事が出てきたことに、一瞬、戸惑いを見せた。

「わざわざ、ご足労願って申しわけありません」

と、早苗は、まずいった。

わざと、三田村たちには別室に控えていてもらった。女二人のほうが、浩子が正直に話してくれると思ったからである。

「正直にいうと、私の主人も、ひどい酒飲みで、我慢していたんですけど、とうとう、どうしようもなくなって、去年の暮れに離婚したんです」

と、早苗はいった。

浩子は、やっと表情をゆるめて、

「刑事さんもですか」

「主人はいい人だったんですけどね。お酒がいけないのかしら」

「近藤だって、本当はいい人だと思うんですけど」

と、浩子はいう。

「さっき、うなされていらっしゃいましたよ。何か、鬱積したものがあって、悪酔いするんじゃないのかしら？」

「ここでも、うなされていたんですか？」

「ええ。おうちでも、そうなんですか？」

「ええ。一時、それがなくなって、いいなって思っていたんですけど、最近、また、うなされるようになってお酒の量も多くなって、それに、ギャンブルも激しくなって——」

と、浩子は溜息をついた。

「ご主人に、そのことで、きいたことがあります？」

「きくと、ものすごく怒るんです。だから、最近は、ほうっておくんです」

と、浩子はいう。

「うなされるといえば、さっき、ご主人は、ものすごい声で、生きてるとか、死んでるとか、いってましたよ」

と、早苗はいった。

当てずっぽうにいったのだが、意外なことに、浩子は目を光らせて、

「ここでも、そんなうわ言をいったんですか？」

「ええ」

「うちでも、寝ている時に、突然、大声で、生きてるぞ！　と叫んだことがある

んですよ。それも、一度でなく何回かね。あたしのことをいったのだと思って、生きてるのに決まってるじゃないのって、腹を立てましたけどね」

「でも、変なうわ言ですねえ。なぜ、そんなうわ言をいうのか、わかりました？」

「いいえ。でも、去年の夏に、アメリカで、大きな飛行機事故があったでしょう」

「ああ。旅客機が墜落して、二百人近い人が死んだ事故ですね」

「あの事故で、五歳の子供だけが、ひとり、奇蹟的に助かったんです」

「ええ。覚えていますわ」

「救援隊が駆けつけて、その子供を見つけた時のニュースを、テレビでやってたんです」

「ええ。私も見ましたわ」

「あたしも感動して、あのニュースを見たんですよ。その時、主人が、いきなり、テレビを消してしまったんです。あたしは、何をするのよって、文句をいったんです」

「それで？」

「あたしがテレビをつけようとしたら、主人がすごい形相をして、見るな！

と、叫んだんです。あの時は、びっくりしてしまって」

と、浩子はいう。

「それと、生きてるぞ！　といううわ言と、関係があると思っていらっしゃるの？」

「ええ」

「どんなふうに？」

「主人は、今、K土地開発で働いていますけど、その前は自衛隊にいたんです」

「そうなんですか？」

「その時、災害出動をして、人命救助に当たったんじゃないかと思うんです」

「ええ」

「ヘリで、現場に駆けつけて、救助に当たる。全員死亡と思っていたら、あのアメリカの航空機事故みたいに、奇蹟的にひとりだけ生きていた。それで生きてるぞ！　って、思わず叫んだんじゃないか。それなのに、結果的に、その人は死んでしまって、主人はそれがショックで、あんな大きなうわ言をいったりするんではないかと、思ってるんです」

「ご主人が、具体的に、そういうことがあったと話したことがあるんですか？」

「いいえ。アメリカの事故のニュースだって、怒ってテレビを消してしまうんですから」

「ご主人が働いているのは、K土地開発でしたわね？」

「ええ」

「確か五年前、K土地開発の幹部の方の乗ったチャーター機が墜落して、全員が死亡したことがありましたわ。今、それを思い出しました」

と、早苗はいった。

「ええ。それはしってます」

「その時、ご主人は、救助に向かったんじゃないかしら？」

「――」

「もし、そうだとしたら、あなたがいった救助活動というのは、自衛隊時代に、災害出動でというのじゃなくて、五年前のK土地開発のチャーター機事故の時のことじゃないのかしら？」

「その頃は、まだ、主人と結婚していませんでしたから」

「話をきいたことはありません？」

「ええ」

「一度、おききになってみるといいと思いますよ。ご主人は、秘密にしていることを吐き出してしまえば、今夜みたいに泥酔《でいすい》したり、喧嘩をすることもなくなると、思いますから」

と、早苗はいった。

「わかりました」

と、浩子はしおらしくうなずいた。

4

三田村と早苗は、捜査本部に戻ると、浩子との対話をひそかに録音したテープを、十津川にきかせた。

「実際には、近藤が、うわ言で、生きてるぞ！　と叫んだのはきいていないんですけど、奥さんに、試しにいってみたんです」

と、早苗は、テープをかけながら、いった。

テープが回り、浩子の声がきこえてくる。

「君の賭けが成功したようだね。どうやら、近藤は、家でたびたびうなされて、生きてるぞ！　と叫んでいたらしいじゃないか」

十津川が、満足そうに、いった。

「これは、間違いなく、五年前のチャーター機の墜落のことだと思います」

と、三田村もいった。

いってから、三田村は黙ってしまい、十津川も、じっと考えこんでしまった。

五年前のチャーター機の墜落の時、ひょっとして生存者がいたのではないかと考えていたのだが、その想像が当たっていたらしいのだ。

しかも、近藤は、その生存者を見ていたに違いない。

そして、近藤は、その生存者を助ける代わりに、ほかの仲間と、息の根を止めてしまったのだ。

おぞましい想像は、事実だったのだと、十津川は思い、そのことが、彼を黙らせてしまったのである。

「今になっても、うなされて、うわ言で、生きてるぞ！　と叫んだりするというのは、よほど、五年前のことが強烈だったんでしょうな」

と、亀井がいった。

「そりゃあ、そうだろう。生き残った人間を、殺したんだろうからね。きっと、その生存者は、ヘリで降りてきた近藤たちに向かって、必死で助けを求めたんだと思うよ。彼には、降下してくる近藤たちが、天使のように見えたんじゃないかな。その天使が、彼を殺したんだ。たぶん、殴り殺したのか、それとも、焼き殺したんだと思う。惨殺《ざんさつ》だ。夢ぐらい見るだろう」

十津川は、腹立たしげに、いった。

「危いですね」

と、亀井がいった。

「危い？」

「まだ、五年前の事件を夢に見て、うなされるわけでしょう？　K土地開発のお偉方は、いつ、近藤が告白してしまうか、はらはらしているんじゃありませんか？」

「それで、危い——か？」

「そうです。会社にとって危険ということは、近藤にとっても危険ということになります」

と、亀井はいった。

「警部」

と、北条早苗が、蒼い顔で、十津川を見た。

「何んだ？」

「私、近藤の奥さんに、五年前のチャーター機の事故のことを、ご主人にきいてご覧なさいと、いったんです。その時、生存者を助けられなくて、それでうなされて、うわ言をいうのだろうから、きいてみなさいって。それで、近藤が、さらに、動揺してくれたらと思ったんです。でも、彼は、危くなりますね」

と、早苗はいった。

「君は、間違ったことはしていないよ」

と、十津川は、励ますように、早苗にいった。

「でも、もし、近藤が殺されてしまうようなことがあると、私の責任ですわ」

「近藤は、チャーター機を墜落させ、その上、辛うじて生き残った人間を見つけ出して、殺した犯人なんだよ。その男が殺されても、自業自得というものだ。君が責任を感じることは、まったくない」

「しかし、近藤が殺される前に、われわれが助け出して、すべてを自供させたいですね」

と、亀井はいった。

「だが、難しいよ。今、助けても、絶対に自供しないだろうからね。会社が危機を感じて、彼の口を封じかけた時、うまく助けられれば、自供させることができるんだがね」

十津川は、難しいとわかっていながら、希望をいった。

「近藤を、ずっと監視していたら、どうでしょうか？」

と、西本がいった。

「それしかないかな？」

十津川は、考える。家から会社へいく途中は、監視できる。しかし、会社のなかまで入りこんで、近藤たち三人を、監視はできない。

だが、今のところ、ほかに方法はなかった。

「やってみよう」

と、十津川はいった。

「今から、やりますか？」

と亀井がきく。

十津川は、時計を見た。間もなく、夜が明ける。

「朝になったら、近藤は家へ帰されるんだろう？」

と、十津川は、三田村と早苗の二人に、きいた。

「もちろん、帰されます」

と、三田村がいう。

「よし、君たち二人で、赤坂署から帰宅するまでを、まず、追ってみてくれ」

と、十津川はいった。

夜明けと共に、二人は、覆面パトカーで、赤坂署に向かった。

そのあとは、無線電話で連絡してきた。

午前八時。

――今、二人が出てきました。

「二人？」

――近藤と奥さんとです。

「奥さんは、ずっと、署で待っていたのか？」

――そうだと思います。少し、夫婦の仲が修復したのかもしれません。今、署の前で、タクシーを拾って、乗りました。

「家へ帰るんだな」

――そう思います。

＊

――今、家に着きました。

「家から、近藤は、出社するのかな？」

――わかりません。今日は、欠勤になるかもしれません。昨夜は、ずいぶん飲んでましたから、二日酔いじゃありませんか。

「君たちは、しばらく、そこにいてくれ。近藤が、出社するようだったら、会社まで尾行」

＊

――近藤が出社する様子はありません。これは、今日は休むんだと思います。

「今、十時だ」

――はい。

「君たちは、そこで、家の様子を見ていてくれ。交代で眠ったほうがいい」

――あっ！

「どうしたんだ？　今、大きな音がしたが、何があったんだ？」

――爆発です。彼の家が爆発して、今、炎に包まれています！　一一九番します！

「カメさん！　いこう！」

5

十津川と亀井が、パトカーで急行した。

到着した時、近藤夫妻の二階建ての家は、すでに焼け落ち、くすぶり続けていた。

防火服姿の消防隊員が、まだ熱気の残っているなかに飛びこんでいき、男女二人を、外に担ぎ出した。

黒こげの二つの死体は、辛うじて、近藤と浩子とわかった。しかも、ただ焼けているだけでなく、無残に、内臓が飛び出したり、指がちぎれたりしている。何かが爆発し、そのあと燃えあがったことを示していた。

「すごい爆発でした。われわれの車も、窓ガラスが割れてしまいました。爆発のあと、すぐ燃えあがって、近藤夫妻を助けようがありませんでした」

三田村が、口惜しそうに、いった。

「私のせいですわ」

と、早苗が、蒼白い顔で、いった。

「そんなことはない」

と、十津川はいった。

「でも、私が、近藤の奥さんにいろいろきいて、彼女を動揺させたので、夫婦もろとも、口を封じられてしまったんです」

「いや、それは違う」

「でも、赤坂署から帰宅してすぐ、こんなに無残に、殺されてしまったんです」

「だが、前から爆薬が仕かけられていなければ、こんなにうまく破壊はできないよ」

と、十津川はいった。

鎮火してから、消防と警察による現場検証が開始され、それには、十津川も参加した。

まず、激しい爆発があった。これは、三田村と早苗が証言している。近所の人たちも、認めている。

爆薬が、仕かけられていたと考えるのが、自然だろう。

だから、現場検証は、慎重に、綿密におこなわれた。

十津川は、科学捜査研究所にも電話して、爆発物の専門家にもきてもらうことにした。

現場検証は、数時間続けられた。

その結果、爆薬は、一階の四カ所にセットされていたことが、わかった。

その数は、ダイナマイト十本から二十本。

このところ、雨が少なく、乾燥していたから、爆発と同時に、木造家屋はたちまち炎に包まれたのだろう。

近藤夫妻の死体は、司法解剖に回された。

十津川は、焼け跡に立って、敗北感を噛みしめていた。

近藤を追いつめて、五年前の事件と、先日の広川殺しについて、自供させようと考えていたが、先を越されてしまったのだ。

相手のほうが、上手《うわて》だった。

「連中は、いつ、爆薬を仕かけたんでしょうか?」

と、亀井がきく。

「近藤が泥酔して、警察に留置され、妻の浩子も呼ばれている間に、やったんだろう」

「なぜ、殺したんですかね？」

「近藤は、酒と、ギャンブルに溺れていた。それも、最近、激しくなっていたんだろう。だから、K土地開発は、近藤を信用しなくなっていたんじゃないかね。いつ、すべてを告白してしまうかわからないと、思っていたんだろう。そして、泥酔し、喧嘩して、留置されてしまった。いよいよ、信用がおけない、危険人物に見えてきたと思う」

「それで、妻の浩子もろとも、殺してしまうことに決めたわけですか？」

「そう思うね。夫婦とも、いなかったのだから、自由に爆薬をセットできたはずだ」

と、十津川はいった。

時限装置として使われたと思われる時計の破片も、発見された。

十津川が、今、午前十時といった直後に、爆発しているから、午前十時に、セットされていたのだろう。

その時間にセットしたのは、たぶん、次のように計算したのだろう。

時間をセットする人間がひとり、この家に残っていた。もうひとりは、赤坂署のほうを見張っていたのだ。

午前八時に、近藤夫妻が、赤坂署から出てきた。

それを見て、見張りの人間が、携帯電話で、近藤宅にいる仲間にしらせる。

こちらの人間は、赤坂署から、家までの時間を計算し、余裕を持たせて、午前十時にセットして、姿を消す。そんな具合だったに違いない。

二日酔いで、近藤が、今日は会社を休むだろうことも、計算していたのだと思う。

もともと、近藤はほかの二人と企画室に属し、仕事は、あってないようなものだから、二日酔いなら、必ず、休むと踏んだに違いない。

「あと、危いのは、朝倉ですね」

亀井が、低い声でいった。

「そうだな。早瀬は、妻子がいて生活も安定しているから、会社も、信用しているだろうが、朝倉のほうは、独身で、酒と女で遊んでいる。会社から見て、不安定な感じに映っているだろうからね」

と、十津川もいった。

「近藤夫妻を爆殺したのは、この二人だと思われますか？」

と、三田村がきく。

「会社は、この二人にやらせたと思うよ。仲間を殺させることで、二人に圧力をかけ、口を封じようとしたに違いないんだ」

「これで、あとの二人を消しやすくなったと思われますか？」

と、亀井がきいた。

「それは、何ともいえないな。仲間のひとりが殺されたことで、次は、自分ではないかという不安から、すべてを告白したくなってくれるかもしれないが、今もいったように、会社は、二人に、近藤夫妻を殺させたと思う。そうなると、警察に逮捕されれば、死刑はまぬかれないと考え、一層、口が重くなっていることも、充分に考えられるからね」

と、十津川はいった。

それでも、十津川は、部下の刑事たちに、早瀬と朝倉の二人をマークするように、指示を与えた。

五年前の事件も、広川殺しも、今回の爆殺事件も、すべて、この二人が、鍵を握っているからだった。

もちろん、主犯は、K土地開発の現在の社長であり、幹部連中である。彼等にも、圧力をかける必要があるが、何といっても、犯行の実行者の自供が鍵なのだ。朝倉と早瀬の二人から、自供を得て、犯行が会社ぐるみのものであることを証明できれば、自然に社長以下の幹部を一網打尽にできる。

爆発、炎上した現場周辺の聞き込みも、同時におこなわれた。

一軒家といっても、周囲に、家が密集している。

不審な人間が出入りし、爆薬を仕かけたのだから、目撃者がいるかもしれないし、物音をきいたりした人がいるはずだった。

刑事たちが、聞き込みをおこなった結果、かなりの情報が集まった。

第一は、午後十一時前後に、近藤の家の近くの道に、ブルーのワゴン車が一台、駐まっているのが、目撃されていたことである。

このワゴン車は、十二時頃にも、目撃されているから、かなり長い時間、同じ場所に、駐まっていたことになる。

そこから、近藤家の勝手口まで、五、六メートルの距離しかない。

このワゴン車に、犯人たちが乗ってきて、勝手口から家のなかに入り、時限装置つきの爆薬を仕かけたことは、充分に考えられるのだ。

二人の目撃者は、残念ながら、午後十一時の時も、十二時の時も、車内に人の姿はなかったというし、車のナンバーも、覚えていなかった。

また、隣家の主婦が、近藤家で何かががたがたという物音をきいたと、証言した。

「それが、朝早く、午前五時頃なので、変だなと思ったんですよ。お隣は、そんなに早く起きることなんて、ありませんでしたからね」

と、隣家の主婦はいった。

「どんな音だったんですか？」

と、亀井がきいた。

「何か、物を動かすような音とか、何かを打ちつける音でしたよ」

と、主婦はいう。

「前日の夜も、同じような音がしていませんでしたか？」

「そういえば、ちょっと、うるさかったかしら」

と、主婦は、考えながらいった。

犯人たちは、前日の午後十一時頃に、ワゴン車でやってきて、家のなかに、爆薬をセットし、車で引き揚げた。

あとに、ひとりが残り、携帯電話で指示を待ったのだろう。

翌朝早く、その人間は、もう一度、セットした爆薬を点検し直したりしたのだ。その物音が、隣家の主婦の耳にきこえたのではないか。

そのあと、午前八時に、近藤夫妻が警察を出た。

それを携帯電話でしらされた犯人のひとりは、午前十時に時限装置をセットし、近藤家から、逃げ去ったのだろう。

とすれば、犯人が、脱出したのは、午前八時から九時頃の可能性が強い。

十津川は、こちらの目撃者も捜すことにした。

だが、その時間帯に、近藤家から出てきた人間を見た目撃者は、出てこなかった。犯人も、用心深く、家を抜け出す時、周囲に人がいないことを確かめてから、逃げたのだろう。

目撃者は見つからなかったが、三百メートルほど離れた空地で、ブルーのワゴン車が見つかった。

その空地の所有者は、そこは自分の車を駐めておくのに使っていたのだが、見なれないワゴン車が駐めてあったので、警察に、届け出たのである。

そのワゴン車は、文京《ぶんきよう》区内に住むデザイナー所有のもので、前日、盗まれ、盗難届を出していたものだった。

十津川は、犯行に使われた車ではないかと思い、亀井と調べてみた。

鑑識には、車内の写真を撮らせ、指紋の採取も頼んだ。

目撃者のいうワゴン車と、型も、色も一致しているから、犯行に使われたワゴン車と断定していいだろうと、十津川は思った。

それに、鑑識が調べたところ、ハンドル部分や、ドアのノブには、指紋を拭き取ったあとがあった。

このことも、十津川は、犯行に使用されたワゴン車の証拠だと、考えた。

十津川が注目したのは、ガソリンの量を示すゲージだった。それが、Fになっているのだ。

ワゴン車を盗まれたという文京区のデザイナーは、もうすぐ、給油しなければと思っていたと、証言していたから、盗んだ犯人が、燃料が少ないことをしって、給油したのだろう。

十津川は、そのワゴン車の写真を撮り、ナンバーも書き、文京区周辺のガソリンスタンドを、片っ端から当たることにした。

二日目になって、目的のガソリンスタンドが見つかった。

そこの給油係の若者が、ブルーのワゴン車を覚えていたのだ。

「午後十時少し前だったと思うな。男が、二人、運転席と助手席に乗ってました

よ」

と、亀井にいった。

「顔を覚えてるかな？」

と、亀井はきいた。

「助手席の男のほうは、降りてきて、現金で払ったから、その時、顔は見ました

よ。二人とも、サングラスをかけてたなあ。夜なのに」

と、給油係はいった。

亀井は、朝倉と早瀬の二人の写真を見せて、

「この二人じゃなかったかね？」

と、きいた。

給油係は、じっと写真を見ていたが、

「今いったように、助手席の男しか顔を見てないし、夜なのに、サングラスをか

けてたし――」

と、ぶつぶついっている。

「その助手席の男だけでいいんだがね」

「こっちに似ていましたね」

と、給油係は、朝倉のほうを指さした。

「服装は？」

と、亀井はきいた。

「黒っぽいジャンパー姿で、二人とも野球帽をかぶってた」

と、給油係はいう。

「ほかに、彼等について、何か、覚えていることはないかね？」

「そうですねえ」

「ほかには？」

「人形をぶら下げてた」

「人形？」

「フロントガラスのところにですよ。よく、小さな人形をぶら下げる運転手がいるでしょう。あのワゴン車にも、ぶら下がってたんです。色の黒いフラダンサーの小さな人形でしたよ。車が動くと、ゆれて、踊ってるように見えるやつです」

と、給油係はいう。

発見されたワゴン車には、フロントガラスのところに、そんなものは、ぶら下がっていなかった。

とすると、二人の犯人のどちらかが、盗んだワゴン車にぶら下げていたということなのか？

亀井は、給油係に、その人形を絵に描いてもらった。

これが、犯人を特定するものになるだろうか？

第五章　人形

1

給油係によって、人形の絵が描かれた。

色の黒いフラダンサーの小さな人形だったと、給油係はいったが、実際に絵になったのを見ると、少し違っていた。

目の部分が、奇妙なのだ。

「この目は、どうなってるんだ?」

と、亀井は、給油係にきいてみた。

「穴があいてたんです」

と、給油係はいう。

「穴——？」

「ええ。二つの目のところに、穴があいてたんですよ」

「じゃあ、気持ちが悪かったんじゃないの？」

「ええ。ちょっと、気持ちが悪かったですよ。だから、よく覚えているのかもしれません」

と、若い給油係はいった。

「これは、フラダンサーじゃないな」

と、亀井はいった。

「そうだとすると、何なんですかね？」

今度は、給油係が逆に、亀井にきいた。

「私にもわからないが、何だか、呪いの人形みたいに見えるなあ」

と、亀井はいった。

十津川も、フラダンサーというより、呪いの人形の感じだといった。

亀井は、その絵を持って、都内の人形店を回ってみた。

同じ人形を扱っている店は、なかなか、見つからなかった。似たような人形はあるのだが、目が空洞になっているものは見つからないのだ。

十三軒目で、やっと、同じ人形に巡り合えた。

その店は、アフリカの人形を主に置いてあって、店の主人は、亀井の絵と同じ人形を出してきて、

「これだと思いますが、この人形の好きな人は珍しいですね。普通は、気持ちが悪いといって、買われないんですがねえ」

と、いった。

「どういう人形なんですか？」

と、亀井はきいた。

「アフリカ中央部の少数部族の間で作られている人形です」

「呪術《じゅじゅつ》的な意味があるんじゃありませんか？」

「そうですね。その部族の呪術師が持ち歩いているもので、この人形を持っていると、死が逃げるといわれているものです。不思議な力が働いて、不死身になると信じられているみたいです」

と、店の主人はいった。

「日本には、いくつも入っているんですか？」

「いや、この部族は、Kという国の奥地に住んでいるんですが、この国が独立し

たときから、この人形を作ることを禁止してしまいましてね。私の店にも、一つしかないのです。日本中でも、そんなに数は入ってきていないはずですよ」

「この店のほかに、この人形がある店をしっていますか？」

と、亀井はきいた。

「そうですねえ。私がしってるのでは、六本木に一軒だけあります。主人が、アフリカが好きで、年に二、三回はいっているという男で、いくつか買ってきたと、きいていますよ」

と、主人は教えてくれた。

十津川と亀井は、そちらに回ってみた。六本木というより、地下鉄赤坂駅近くの小さな店だった。なるほど、アフリカ関係の本やグッズが並んでいる。陽焼けした、四十代の主人は、一週間前にアフリカ旅行から帰ってきたところだと、いった。

十津川が、あの人形のことをいうと、

「残念ですが、うちには、もう一つもありませんよ」

と、いった。

「ここには、あるといわれてきたんですがね」

「何年か前に、いくつか買って帰ったことがあったんですがね。五年前だったかな、一度に三つ売れてしまって、その後、アフリカにいく度に探しているんですが、見つからないのですよ」

店の主人は、残念そうにいう。

「なんでも、その人形を持っていると、死のほうが逃げていくんだそうですね？」

と、亀井がきいた。

「そうです。向こうでは、不死の人形といわれています。持っていると、絶対に死なないというのです」

「五年前に、三つ同時に売れたといいましたね？」

と、十津川がいった。

「そうです」

「その時、どんな人間が買いにきたんですか？」

「三十代の男の人が、三人でやってきて、一緒に買っていったのを覚えていますよ」

と、主人はいった。

十津川は、早瀬匡、近藤克彦、朝倉信介の三人の写真を取り出して、店の主人に見せた。

「この三人じゃありませんか？」

「さあ、何しろ五年前のことですからねえ」

と、主人は、自信なげにいった。

「なぜ、彼等は、この人形を買っていったんですか？　店のなかを見て歩いてから、これがほしいといったんですか？」

と、十津川はきいた。

「いや、確かあの時は、そのなかのひとりが、アフリカ中央部の少数部族のなかに不死の人形を持つのがいるときいているが、その人形はないかと、きいたんですよ。それで、その人形を見せたら、三つ、買っていかれたんです」

と、店の主人はいった。

「五年前の何月でした？」

「八月頃じゃなかったかな。夏の盛りの暑い日だったことは、間違いありませんよ」

と、主人はいった。

「その三人は、何かいっていませんでしたか？　問題の人形を買う時に」

と、十津川はきいた。

「そうですね。あの時、三人のなかのひとりが、面白いことをいったんで、私は笑ってしまったんです。何といったんだったかな?」

「思い出して下さい」

と、十津川はいった。

この店に人形を買いにきた三人は、間違いなく、早瀬、近藤、朝倉だと、十津川は思っている。だから、この三人のことは、どんなことでも、しりたかった。

店の主人は、困惑した顔で、煙草をくわえて、考えこんでいたが、

「最初、その三人の人が店に入ってきたとき、三人とも、がっちりした体つきで、目つきも鋭かったので、刑事さんか、さもなければ、その筋の人ではないかと思いましたよ」

と、話しだした。

十津川は黙って、相手の記憶が徐々に戻ってくるのを待った。

店の主人は、くわえた煙草には火をつけず、じっと考えこみながら、

「三人のなかで、一番、背の高い人だったと思うんだけど、アフリカ中央部の少数部族のなかに、不死を信じている人間がいて、奇妙な人形を持っている。その

人形は、死から持ち主を守るんだときいたが、その人形はないかというんですよ。それで、人形を見せました。最初は、うす気味が悪いなといっていましたね。目が、気味が悪いんですがね」

「そうですね。目が、空洞になっていますからね」

と、十津川はいった。

「この目は何を見てるんだと、きくわけですよ」

「それで？」

「その部族の間では、人間の死を見つめているといわれていると、私は、いいました」

「それは、本当なんですか？」

と、亀井がきいた。

「その部族の人たちは、信じていますね。そこでは、選ばれた人たちだけが、人形を持っていて、彼等は人形を持っている限り、死をまぬかれると信じられているんです。また、その信仰のために、近代化をはかる政府からは禁止されてしまったわけですが、今でも、部族の間では、固く信じられているわけです」

「もちろん、迷信なんでしょう？」

と、亀井が、眉を寄せてきく。

店の主人は苦笑して、

「どんな宗教にだって、多かれ少なかれ、迷信の部分があるでしょう」

「三人の反応について、もう少し話して下さい」

と、十津川が促した。

「今もいったように、三人とも、最初、気味が悪いなって、いってたんですよ。それで、買わないのかなと思っていたら、そのなかのひとりが、突然、ああ、そうだ、自分が見るから気味が悪いんで、人形の顔を相手に向けていればいいんだ。相手に見させればいい、死にかけている人間は、これを見て、諦めて、ぽっくり死ぬんじゃないかと、いったんですよ。そしたら、ほかの二人も、急に、それなら相手が死ぬんで、こっちは大丈夫だといいましてね」

「そうなんですか?」

「何がですか?」

「この人形を相手に向けて、見させれば、自分は安全で、相手が死ぬわけですか?」

「それほど、都合がいいとは思いませんがね。持ち主だって、この人形と向かい合う、つまり、死と向かい合うことが、必要だと思いますがね」

と、店の主人は笑った。

「三人にも、そういったんですか？」

と、十津川はきいた。

「いや、お客が勝手に考えることに、差出がましいことはいえません。ただ、いかめしい顔つきの人たちだったので、おかしかったですがね」

と、店の主人はいった。

「死にかけた人間が、この人形を向けられたら、諦めて死ぬんじゃないかと、連中はいってたんですね？」

十津川は、確かめるように、念を押した。

「そうです。そのことは、ちょっと、気になりましたがね。何か、悪いことに使うんじゃないかと、思いましてね」

「どういうことを考えました？」

「重病で寝ている人に、この人形をじっと見つめさせる。とにかく、うす気味が悪いですからね。それで、生きる意欲を失わせて、殺すことでも考えているんじゃないか。そんなことを、ふと考えてしまいましたがね」

と、店の主人はいった。

2

その店を出たところで、亀井が、

「なかなか面白い話でしたね」

と、十津川にいった。

「三人が、五年前の八月に、人形を買ったとすると、その時から、飛行機事故の計画は立てられていたことが考えられるよ」

と、十津川はいった。

「一カ月前ですね。近藤たちは、その時から、ヘリに乗って、墜落現場に飛び、乗員、乗客の死を確認する役目を割り当てられていたということですね」

「そうだろう。ただ、三人とも、さすがに、その役目を重荷に感じていたんじゃないかな。全員が死亡していればいいが、もし、生存者がいたら、殺さなければならない。それを考えれば、気が重くなるのが当然だよ」

と、十津川はいった。

捜査本部に戻ってからも、人形の話は、刑事たちの間で、話題になった。

「冷酷な人間たちだと思っていたんですが、意外でしたね」

と、西本がいう。

「いや、それほど意外じゃないよ。冷酷な人間ほど、縁起を担《かつ》いだりするものだからね」

と、亀井がいった。

「人形の力を借りたりしているところをみると、こちらからうまく圧力をかければ、彼等が崩壊していく可能性がありますね」

と、三田村がいった。

「そうだな。そこが、狙い目でもある」

と、十津川はいった。

十津川は、最初の店で買い求めてきた問題の人形を、黒板の前に糸で吊るした。

ゆらすと、フラダンスを踊っているように、見えないこともない。

だが、じっと、空洞の目を見つめていると、引きこまれるようで、うす気味が悪い。呪咀《じゅそ》の踊りにも見える。

「彼等は、今でも、この人形を持っているんでしょうか？」

と、日下が、人形を見つめながら、きいた。

「少なくとも、ひとりは持っていて、ワゴン車のフロントガラスにぶら下げていたんだ」

と、十津川はいった。

「朝倉か、早瀬ですね」

「そうだ。仲間の近藤を爆殺するのは、怖かったんだろう。だから、犯行に使うワゴン車に、問題の人形をぶら下げておいたんだろう」

「そうしておけば、自分は死なないと信じているんですかね？」

「信じたいんだろう」

と、亀井が、あっさりいった。

「死んだ近藤ですが、ずっと、人形を持っていたと思いますか？」

と、北条早苗が、十津川にいった。

「私は、持っていたと思っている」

と、十津川はいい、その理由を説明した。

「前に、連続殺人事件の犯人を逮捕したことがある。冷酷非情な男で、命乞《いのちご》いする被害者に向かって、にやにや笑いながら、ナイフを突き刺している。倫理観が完全に欠如している奴だったが、面白いことに、この男はやたらに迷信深かった。それも、殺人を重ねることに、それが強くなっていったんだ。最後の頃になると、どこかのマンションの、ひとり住いの女性を襲おうと、忍びこんだが、その部屋に黒猫がいたので、何もせずに逃げ帰っている」

「その事件なら、よく覚えていますよ」

と、亀井がいった。

「どんな冷酷な人間でも、何か、頼るものが必要だし、それは強くなっていくものなのだと、私は思っている。だから、近藤も同じだったんじゃないかね。ほかの二人も、同じだと、私は思っているんだ」

と、十津川はいった。

「その点を調べましょう。うまくいけば、残りの二人の弱点を見つけて、何とか、自供させられるかもしれません」

と、亀井はいった。

刑事たちは、爆死した近藤夫妻、それに、残りの二人の周辺の聞き込みを再開した。

最初に収穫があったのは、近藤夫妻のことだった。

近藤家の近所で聞き込みをおこなった西本と日下は、興味ある話をきいて、帰ってきた。

「近藤は、夜になると、玄関にあの人形をぶら下げていたそうです。それを見た人がいて、なぜ、あんな気味の悪いものを、ぶら下げているのかと、不審がっていたと証言しています」

と、西本は報告した。

「夜だけ、ぶら下げていたのか?」

と、十津川はきいた。

「昼間見たという人はいませんから、夜、寝る時だけ、玄関にぶら下げていたと思われます」

「理由を、近藤は、どういっていたんだろうか?」

「見た人は、気味が悪い人形なので、あえて、きかなかったといっています。もともと、近藤夫妻は、つき合いの悪い人間だったようですから」

と、西本がいい、日下がそれにつけ加えて、

「目撃した人は、何か、新興宗教の印じゃないのかとか、押売り退治じゃないのかとか、勝手なことをいっていますよ」

と、いった。

「近藤は、自分が狙われるかもしれないと、考えていたんじゃありませんかね」

と、亀井は、十津川にいった。

「そうだな。狙うとすれば、仲間の早瀬と朝倉だとも考えていたと思うね。だから、この人形を、寝る時には、玄関にぶら下げておいた。三人で買った時のことを考えれば、それをぶら下げておけば、家のなかに押しこんでこられないと、思っていたのかもしれないね」

と、十津川はいった。

「近藤にしてみれば、追いつめられた気持ちで、頼むのはこの人形しかなかったということですかね。警察に自首することもできないし、狙われたら逃げようがない。最後は、人形の力に頼るしかなかったとすると、ちょっと可哀相になってきますね」

と、亀井はいった。

「だが、昼間、移動する時は、人形は、たぶん、車につけていたんだろう。早瀬と朝倉の二人は、家に忍びこみやすかったんじゃないかね。二人にしても、この人形が玄関にぶら下がっていたら、忍びこむには気持ちが悪かったろうからね」

と、十津川はいった。

3

早瀬と朝倉の周辺からも、人形についての話が伝わってきた。

独身の朝倉とつき合っていたという女の証言が、興味を引いた。

これは、三田村と、北条早苗の二人が聞き込んできたのだが、

「彼女が朝倉の車に乗った時、この人形がぶら下がっていたと、いっています。助手席に乗った時、人形の背中が見えたので、てっきり、フラダンスの人形だと思ったそうです。ところが、顔を見たら、ぽっかりと目のところに穴があいていて、とても気味が悪かったそうです。どうして、こんな気味の悪い人形を持っているのかときいたら、朝倉は怒って、これは自分に向けてはいけないんだといったと、いっています」

と、報告した。

「すると、ワゴン車に、この人形をぶら下げていたのは、朝倉か」

「そう思いますわ。近藤の家に爆弾を仕かける時、人形の力を借りようとしたん

だと思います」

と、早苗はいった。

「五年前の九月七日、三人でヘリから降りて、死体を調べた時も、同じように、この人形を身につけていたんだろうね」

と、十津川はいった。

「なかなか、面白いですよ」

と、亀井がいう。

「どこが面白い？」

と、十津川はきいた。

「近藤たち三人の意識です。五年たって、罪の意識がうすれていたかと思ったんですが、どうやら、逆だったようですね。逆に、重くなって、人形の力に頼らなければならなくなっていたということみたいですから」

と、亀井はいう。

「それは、三人が根っからの犯罪者じゃないということだろう。大金をもらって、行動したが、それは、ずっと、心の重荷になっていたんだと思うよ」

「これで、自信が出てきましたよ。早瀬と朝倉を追いつめるのは、楽です。そう思うように、なりました」

亀井はにっこりした。

「さっそく、朝倉に会ってくるか?」

と、十津川は、亀井にいった。

二人は、例の人形を持って、朝倉に会いにいくことにした。

彼のマンションを訪ねる。

入口に、人形はぶら下ってはいなかった。

昼間なのに、朝倉は、ナイトガウン姿で、蒼白い顔をして現れた。

不精髭も、のびたままである。不機嫌そのものといった顔で、

「たいした用でなければ、眠りたいんですが」

と、十津川に向かっていった。

「お気の毒だが、殺人事件の捜査なので、ぜひ協力してもらいたいんですよ」

十津川は、微笑しながらいった。

朝倉は、ますます不機嫌な目になって、

「どんなことをききたいんです?」

「近藤克彦夫妻が、爆死した事件です。近藤さんのことは、よく、ご存じでしょ

う？　同じお仲間だから」

「仲間というのはどうですかね。同じ会社の同僚というのなら、わかりますが」

と、朝倉はいい直した。

「われわれが調べたところ、近藤夫妻が留守にしている間に、二人組の男たちが、ワゴン車で乗りつけ、家のなかに、時限爆弾を仕かけたことが、わかったんですよ」

「それが、僕とどういう関係があるんですか？」

「そのワゴン車ですがね。ガソリンスタンドで、給油したことがわかったんです。犯人たちは、そのワゴン車を盗んで、犯行に使ったわけですが、ガソリンが、空っぽになっているのに気づいて、慌てて給油したわけです」

「僕とは、関係ありませんよ」

「われわれは、そのガソリンスタンドの給油係に、ワゴン車に乗っていた二人の男の人相などについてききました」

「それで――？」

「失礼だが、どのくらいあります？」

「え？」

「あなたの身長です」

「百七十五センチ」

「ぴったりだ」

「何がですか？」

「給油係の証言です。二人のうちのひとりがワゴン車から降りてきて、金を払ったが、その男の身長が、百七十五センチくらいだったというのですよ」

「それがどうだというんです？　僕ぐらいの身長の男は、いくらでもいますよ」

「その給油係は、もう一つ、証言しているんですが、こちらのほうが、重要でしてね。そのワゴン車のフロントガラスのところに、人形が、ぶら下がっていたというのです」

「そんな車なら、いくらでもあるでしょう。人形を吊るしたり、お守りを吊るしたりしていますよ」

「だが、その人形が特殊なものでしてね。アフリカの少数部族のもので、持ち主を死から守る、つまり不死の力を与えてくれるという人形なんですよ」

と、十津川はいった。

「そうですか――」

と、朝倉はぼそっという。

「確か、朝倉さんも、その人形をお持ちですね？」

と、十津川はきいた。

「いや、そんな人形は、持っていませんよ」

と、朝倉がいう。

「おかしいな。あなたと早瀬さん、それに死んだ近藤さんが、同じ人形を持っているときいたんですがねえ。目がないんですよ。いや、目は、くり抜かれているんですよ。うす気味悪い人形です。お持ちでしょう？」

十津川は、しつこくきいた。

朝倉は、険しい表情になって、

「そんなもの、持っていませんよ。人形は、嫌いなんです」

「じゃあ、あれは何です？」

「あれ？」

「このマンションの入口のドアに、人形が、ぶら下っていましたよ」

と、十津川はいった。

「そんな馬鹿な！」

朝倉が、怒鳴るようにいった。

「じゃあ、見てみたらどうですか？　吊るしたのを忘れてるんじゃありませんか？」

「そんな人形は、持ってない。いいかげんなことは、いわないで下さい！」

「いいから、見て下さい」

と、亀井がいい、朝倉の手を引っ張るようにして、部屋を出た。

廊下に立ち、ドアを閉め直して、ドアの表を見た。

とたんに、朝倉の顔色が変わった。

ドアに、あの人形が、ぶら下がっているのだ。西陽が当たっているので、空洞になっている目は、暗く見え、一層、うす気味悪い。

「大丈夫ですか？」

と、十津川は、朝倉に声をかけた。

朝倉は、蒼ざめた顔のまま、無言で、小さく首を横に振った。

「死んだ近藤さんの家の玄関にも、これと同じように、同じ人形が、ぶら下がっていた。しっているでしょう？」

と、十津川は、朝倉の顔を覗きこむように見た。

「こんなはずはないんだ」

と、朝倉が呟く。

「何ですか？」

「もう帰ってくれませんか？　気分が悪くなった」

「帰りますが、この人形はお持ちですね？　あなたも、早瀬さんも、殺された近藤さんも」

と、十津川はきいた。

「帰ってくれ！」

突然、朝倉は、ヒステリックに叫び、部屋に入って、バタンとドアを閉めてしまった。

十津川と亀井は、顔を見合わせた。

亀井が、にやっと笑って、

「状況証拠はクロですね」

という。

十津川は、手を伸ばして、人形をドアから外し、ポケットに入れた。捜査本部から持ってきた人形である。

二人は、いったん、捜査本部に戻ることにした。

十津川は、結果を三上本部長に報告した。

「朝倉が、早瀬と二人でワゴン車を盗み、それに乗って、近藤の家にいき、爆弾を仕かけて、近藤夫妻を爆死させたことは、間違いないと思います。しかし、決定的な証拠はありません」

「状況証拠はクロか？」

「そうです。問題の人形を見た時の朝倉の驚き方は、尋常ではありません。朝倉、早瀬、それに、殺された近藤の三人は、この人形を通じて、連帯感を持っていたのだと思います。その仲間のひとりを会社の命令で、殺してしまった。そのことは、二人にとって、特に、朝倉にとって、大変な心理的な負担になっているはずです。だから、人形を見て、ヒステリックな反応を見せたのだと思います」

と、十津川はいった。

「しかし、状況証拠だけでは、逮捕状はとれないな」

三上は、難しい顔でいった。

「わかっています」

「これから、どうやって、朝倉を追いつめていくつもりだ？　もうひとりの早瀬は、どうする？」

「朝倉が自供すれば、早瀬も自然に自供すると思っています。これは、確信があります。問題は、二人がどう出るか、それに、K土地開発がどう動くかです。朝倉を逮捕する前にです」

と、十津川はいった。

「どう動くと思っているんだ？」

と、三上がきいた。

「今日、カメさんと、朝倉に会ったことで、相当な圧力を感じたと思います。彼は、おそらく、早瀬に相談すると思いますね。どうしたらいいかを」

「K土地開発には、相談しないか？」

「まず、しないと思います」

と、十津川はいった。

「なぜだ？　なぜ、そう思う？」

「三人のうち、近藤が殺されたのは、K土地開発から、こいつは危い、喋りそうだと思われたからでしょう。いつ、警察に、真相を喋るかわからないので、口を封じたということです。もし、朝倉が、会社に泣きつけば、会社は、今度は、朝倉が危険だと考え、彼の口を封じようとするでしょう。朝倉は、それを考えたら、怖くて、会社には話せないと思うのです。前例がありますし、近藤の口を封じたのは自分たちなわけですから」

と、十津川はいった。

「君は、朝倉が会社には相談しない、相談するとしたら、早瀬にだというんだな?」

「そうです」

「その結果、どうなると、予想しているのかね?」

と、三上がきいた。

十津川は、すぐには、返事をしなかった。というより、できなかったと、いったほうがいいだろう。

容疑者がどう動くか。いろいろと、推測は立てても、そのとおりに動くとは限らないからである。

「あらゆるケースを想定することは、できます」

と、十津川はいった。

「どんなケースだ?」

と、三上がきく。

「朝倉は、明らかに、不安になっています。いつ、警察に逮捕されるのかという不安です。逮捕されれば、重罪は、まぬかれませんからね。朝倉の立場に立って考えると、まず、早瀬と相談する。次に、彼は、警察の追及から逃れるために、国外へ出ることも考えられます」

と、十津川はいった。

「海外脱出か？」

「その可能性は、充分にあります。今なら朝倉は、自由に海外へ出られます。今頃、朝倉は、また警察が会いにくることに、戦々恐々としていると思うのです。姿を消したいと、思っているはずです。その時、最初に思いつくのは、海外脱出だと思いますね」

「早瀬は？」

と、三上がきく。

「彼のほうは、われわれが、圧力をかけていませんし、家庭があります。自由に、海外へは出られないと思います」

「朝倉が、海外へ脱出を図ったら、どうするつもりだ？」

と、三上がきいた。

「正直にいって、どうすることもできません」

「お手あげか？」

「そうです。逮捕状が出ていない以上、阻止は不可能です」

と、十津川はいった。

「困ったな」

「朝倉については、お手あげですが、私は、そんなに困りません」

「なぜだ？」

「今回の事件の本丸は、K土地開発という会社です。五年前の事件は、会社ぐるみの犯行といってもいいものです。正確にいえば、現在のK土地開発を支配している社長以下の幹部たちです。朝倉を追いつめたのも、彼を突破口にして、連中に迫りたいからです。ですから、朝倉が海外逃亡しても、連中を逮捕できれば、それで成功だと考えています。海外へ逃げた朝倉は、ゆっくりと、その国との相互条約にしたがって、引き渡しを要求すればいいことです」

十津川は、確信に満ちた声でいった。

「だが、K土地開発の現在の幹部連中を逮捕できる自信はあるのかね？」

と、三上がきいた。

「連中は、五年前に、五人の人間を殺しています。いや、チャーター機のパイロットを含めれば、六人の人間をです。そして、今年になって、その秘密が漏れそうになったので、ひとり、二人と、口封じに殺しを実行しています。こんなに大量殺人をおこなって、ボロが出ないわけがありません」

と、十津川はいった。

「具体的にいってくれ。どうやって、連中の逮捕にまで、持っていくつもりだ」

「実は、期待していることが、一つあるのです」

と、十津川はいった。

「奇跡でも起きて、会社ぐるみの殺人が、明らかになるとでも思っているのかね？」

と、三上はきいた。

「そうです」

と、十津川は微笑した。

4

「奇跡を期待する捜査なんか、きいたことがないぞ」

と、三上は渋面を作った。

「しかし、かなりの確率で起きる奇跡です」

「話してみたまえ」

「朝倉は、怯えています。一つは、われわれ警察が、攻め立てていることが、原因です」

「ほかにも、あるのか？」

「むしろ、こちらのほうが強いと思うのですが、会社は、近藤が浮足だつと、容赦なく殺してしまいました。しかも、仲間である朝倉と早瀬に、殺させたのです。朝倉にしろ、早瀬にしろ、いつかは自分たちも、同じように、冷酷に、殺されてしまうのではないかという恐怖です。これは、警察と違って法律にのっとってなどという悠長な真似はしません。これは、間近かに迫る恐怖だと思いますね」

「それで、君のいう奇跡が起きるというのかね？　怖くなって、保護を求めて警察に駆けこんで、何もかも喋るという奇跡かね？」

と、三上がきく。

十津川は微笑して、

「それも、期待はしていますが、なかなか、実現しないと思いますね。何しろ、朝倉にしろ、早瀬にしろ、殺人をやっているのですから、警察に駆けこみにくいと思います」

「ほかに、どんな奇跡を、君は期待しているんだ？」

「怯える朝倉と早瀬が、保険をかけることを、期待しています」

と、十津川はいった。

「保険――？　何のことだ？」

「自分が殺されないようにかける保険です。早瀬には妻子がいますから、一層、保険をかける気になっているのではないかと、思っているのです」

「具体的に、いってくれないかね」

「これまでの事件の真相について、詳しく手紙に書き、それを信頼のできる人間に預けておくわけです。手紙でなく、あるいは、テープをです」

と、十津川はいった。三上は「ああ」とうなずいて、

「そうしておいて、会社側に、自分が死ねば、その手紙なりテープが、警察の手に渡るようにしてあると、通告するわけだな」

「そうです。自分に万一のことがあれば、手紙かテープが、警察の手に渡るという保険です。朝倉と早瀬に頭があれば、そうした保険をかけているはずです」

「だが、二人がそんな保険をかけているとしても、どうやって、その手紙なりテープを手に入れるんだ？」

と、三上がきく。

「一番簡単なのは、朝倉と早瀬を殺してしまうことですね。拳銃を一発撃てば、二人が保険をかけているかどうか、はっきりしますよ。運がよければ、二人の手紙なり、テープを、入手できます」

十津川は、嬉しそうにいった。

「十津川君。まさか、君は――」

と、三上は、慌てていった。

「部長。いくら、事件を解決したくても、そんな馬鹿なことはしませんから、安心して下さい」

「脅かさないでくれよ。君は、いざとなると、思い切ったことをやるからね」

「ほかの方法を考えます」

と、十津川は、笑っていった。三上には、成算のあるようないい方をしたが、これといった思案があるわけではなかった。

K土地開発という会社ぐるみの犯罪という確信はあるのだが、何の証拠もない。会社の幹部に会って、問いつめても、否定されれば、それで終わりだった。

やはり、朝倉、早瀬の二人を、突破口にするより仕方がない。

「多少、荒っぽい方法をとったらどうでしょうか?」

と、亀井はいった。

「荒っぽい?」

「ええ。向こうは、荒っぽい連中です。五年前には、飛行機事故に見せかけて、社内のライバルを一掃し、今回は、口封じに近藤夫妻を爆弾で殺しています。その前には、秘密をしられたというので、雑誌記者を、心中に見せかけて、殺しています。殺すことを、何とも思っていない連中ですよ。だから、こちらも、多少、荒っぽいことをしても許されるんじゃないでしょうか?」

と、亀井はいう。

「カメさんは、何をする気なんだ?」

「警部は、朝倉と早瀬が、保険をかけているに違いないといわれましたね」

「ああ。身を守るために、そのくらいのことはしていると思っている」

「自分の身に、万一のことがあれば、手紙かテープが、警察に渡ることになっているという保険ですね？」

「そうだ。あるいは、雑誌に発表されるとかだ」

と、十津川はいった。

「それなら、手紙なりテープを、見てみようじゃありませんか」

と、亀井はいう。

「どうやってだ？」

「二人を殺せばいいわけですよ」

亀井は、あっさりといった。

「なるほどね」

「もちろん、本当に殺すわけにはいきません。だから、われわれで二人を誘拐し、どこかへ隠してしまう。二人に何かがあったということで、保険が払われることになるかもしれませんよ」

と、亀井はいった。

十津川は苦笑して、

「実は、私も同じことを考えたことがあるんだよ」

「じゃあ、やってみましょう。そのくらい荒っぽいことをやらなければ、連中を追いつめられませんよ。私に任せてもらえれば、警察の仕業とわからないように、二人を誘拐してみせますよ。そして、二人が消されたという噂を流します」

と、亀井はいった。

「カメさんなら、うまくやると思うがね」

「大丈夫です」

「だが、駄目だ」

と、十津川はいった。

5

「うまくやりますよ」

と、亀井は、なおもいった。

「駄目だ。成功したとしても、汚点として、いつまでも残ってしまう。不法捜査をやったという汚点だよ」

と、十津川はいった。

「しかし、このままでは、捜査の進展は難しいですよ」

「わかってる」

と、十津川はうなずいてから、

「私はね、今回の事件を考え直してみた。広川という雑誌記者が殺された事件からだ」

「あれも、朝倉たち三人がやったことだと思いますが」

「K土地開発が、三人に命じて、やらせたんだろうがね。問題は、広川が、なぜ、殺されたかということなんだよ」

「それは、もちろん、彼が、五年前の航空機事故の真相をしり、それを発表することになったからでしょう？　K土地開発にしてみたら、大変なことになるわけですから、口を封じ、原稿を奪いたくなるのは、当然だと思いますが」

と、亀井は、不思議そうに、十津川を見た。わかりきったことを、いまさら、なぜ考え直しているのかという顔つきだった。

十津川も、すぐ、そんな亀井の気持ちを察したとみえて、

「口を封じた理由は、わかってるんだよ。問題は、やけに素早く行動したなと、それが不思議に思えてきたんだよ。広川のケースだけじゃない。ほかの場合でも、素早くというか、神経質に行動している。ヒステリックだといってもいいかもしれない。それはなぜだろうかと考えてね」

「命令しているのは、現在の社長だとすると、社長の性格じゃありませんか？臆病で、やたらに人を疑うという性格なら、ヒステリックに、何人もの人間の口を封じさせるのもうなずけますよ」

と、亀井はいった。

「同感だ。社長は、ますます、臆病になり、人を疑うようになっていると思うね」

「そうでしょうね」

「それを利用できないかと、思っているんだがね。それができれば、朝倉や早瀬を誘拐しなくてもすむからね」

と、十津川はいった。

「どんなふうに、利用しますか？」

「社長に、徐々に、疑惑を植えつけていくというのは、どうだろう。朝倉と早瀬が、警察にすべてを打ち明けてしまうのではないかという疑いを持たせる。疑心暗鬼に落としこむ」

「いいですね」

「それでは、さっそく、社長に会いにいこうじゃないか」

と、十津川は、笑顔でいった。

K土地開発に電話をかけ、至急に会いたい旨を告げた。

十津川は、会うはずだと思っていた。向こうも、警察の動きが気になっているに違いなかったからである。

十津川の考えたとおり、会ってもいいという返事があった。

本社の最上階にある社長室に通された。

そこで、奥野社長に会った。

どちらかといえば、小柄な体だった。細面で、神経質そうに見える。

(この男が、暴力によるクーデターで、社長を追い出したのか?)

と、十津川は思いながら、肩書きつきの名刺を渡した。

「十津川さんですか。警察にはあまり、用がありませんが、今日はどんなご用ですか？　大事な話があるということでしたが」

と、奥野社長はきいた。

「実は、妙な電話がありましてね。男の声で、名前はいいません。私たちは、広川という雑誌記者が殺された事件と、近藤夫妻が爆殺された事件を捜査しているんです。ああ、近藤さんは、K土地開発の社員でしたね。電話の男は、この二つの事件について、真相をしっているというわけです」

「それで、その電話の男は、どんな話をしたわけですか？」

と、奥野社長はきく。

「それが、奇妙な話でしてね。話が事実なら、大変なことだと思ったんですが、何ぶんにも、すぐには、信用できないので、こうして、伺ったわけです」

十津川は、まっすぐに奥野社長の顔を見つめた。奥野社長は、すっと、視線をそらせて、

「私に関係のあることなんですか？」

「そうなんです。この会社にといってもいいかもしれません。その男の話だと、すべてが、五年前の航空機事故が原因だというわけです。その後、その事故の新聞の記事を送ってきました。K土地開発が、チャーターした飛行機が墜落して、幹部社員五人が死亡した事故です」

「確かに、その事故はありました。わが社にとって、大きな痛手でした」

「そのあと、また、同じ男から電話がありましてね。この事故は、本当は、仕組まれたもので、当時の副社長派が、社長派を追い落とすためにやったというのです。そして、五年後になって、その真相がばれかけたので、口封じに、次々に殺人がおこなわれているのだと、いうわけです」

と、十津川はいった。

「十津川さんは、その話を信用なさったのですか？」

奥野社長がきく。目が落ち着きなく、小さく動いている感じだった。

「いや、信じられないので、こうして、伺ったのです。いくら、社内で勢力争いがあったとしても、そのために、大量殺人を犯すというのは、すぐには信じられませんからね」

「そのとおりですよ。K土地開発は、きちんとした会社です。そんな馬鹿なことをするはずがありませんよ」

と、奥野社長はいった。

「そうでしょうね。ただ、電話の男は、信じてもらえないのなら、しっかりした証拠を送るといっているので、それを見たら、また、伺いたいと思いますが、構いませんか？」

と、十津川はいった。

「ええ。ぜひ、私にも見せて下さい」

と、奥野社長はいったあと、声を低くして、

「電話の男のことで、何かわかることはありませんか？」

と、きく。

「それをずっと考えているんですよ。名前をきいても、絶対にいいませんがね。その声に、きき覚えがあるような気がするのです」

と、十津川はいった。

「本当ですか？」

「ええ。われわれが、最近、会って話をきいた男の声に、よく似ているのですよ。最近、会って事情をきいたとなると、死んだ近藤さんの友人ということになってくるんですが、そのなかの誰だったか」

と、十津川は思わせぶりにいってから、

「とにかく、今週中には、その男から、何か送ってくると思うので、そうしたら、また伺います」

と、つけ加えた。

奥野社長は、その話には上の空という感じで、

「近藤君の友人ですか――？」

「何がです？」

「電話の男の声のことです。よく似ているといわれた――」

「ええ。近藤さんの友人、というか、会社の同僚に話をきいているんですが、そのなかのひとりに、とても声が似ていましてね。誰だったかと、考えているところです」

と、十津川はいった。

十津川と亀井は、そのあと、これからの土地問題について奥野社長の意見をきいたりして、K土地開発を出た。

「うまくいったかな？」

と、十津川はいう。

「うまくいったと思いますよ。あの社長は、土地問題の話には、まったく、上の空だったじゃありませんか。頭のなかは、警察に電話した男のことで、一杯だったんですよ」

と、亀井はいった。

第六章　伊豆東海岸

1

問題は、社長の奥野の性格と、現在、彼が置かれている立場である。

今、奥野がどんな立場にあるかは、容易に想像ができる。

彼は、五年前のクーデターで、K土地開発の社長になった。五人の人間を殺してである。つまり、それだけの冷酷さを持ち合わせているということである。今も、その性格は、変わっていないだろうし、せっかく、手に入れた社長の地位を守ろうという気持ちは、ますます、強くなっているはずである。だからこそ、広川も簡単に殺させたに違いない。

そう覚悟しているのは、奥野社長ひとりとは、考えにくい。

現在の会社の幹部たちも、当然、五年前のクーデターに、参加しているに違いなかった。

五年前の飛行機事故で、当時社長派だった幹部全員が死亡し、それまで、冷飯を食わされていた奥野派の社員たちが、局長、部長の椅子についた。彼等が、飛行機事故の真相をしらなかったとは考えられない。

いや、彼等も奥野と共に、五年前のクーデターを計画し、実行したと考えるべきだろう。

もし、そうでなければ、五年前の事故の真相が、今まで漏れずにいたはずはないと思うからである。

現在のK土地開発の幹部たちが、奥野と共犯だったからこそ、彼等は、揃って口を閉ざし、秘密が今まで保たれてきたに違いない。

ただ、五年がすぎた。

どうしても、結束のたがは緩んでくるだろうし、クーデターに参加しながら、ほかの者に比べて、自分が優遇されていないのではないかと考える人間の口から、少しずつ、五年前の事故の真相が漏れ始めた。

その一つが広川の耳に入り、今回の殺人事件が始まったということなのだろう。

広川殺しについて、奥野がしらなかったとは思えないし、ほかの幹部もしっていて、殺人に同意したに違いない。

とすれば、十津川が仕かけた罠についても、奥野ひとりが反応するとは思えない。必ず、ほかの会社幹部たちに相談するだろう。

十津川はそう読み、奥野だけでなく、ほかの幹部の動きも監視することにした。

十津川が奥野に会い、圧力をかけた翌日の夜、彼と会社の幹部五人が、夕食を共にするという情報を得た。

毎月第一月曜日におこなわれる月例会が、今月はおこなわれなかったので、この日におこなうと説明されたが、十津川は、その説明は信用しなかった。

月例会は、必ず第一月曜日におこなわれているとは限らなかったし、会社の事件への対応のために開かれたことは、明らかだったからである。

奥野社長以下六人の幹部は、この夜、K土地開発が経営している、というより、奥野が愛人にやらせている料亭Kに、夕方から集まった。

十津川は、西本と日下の二人に、この料亭Kを見張らせた。

午後六時から集まった奥野たちは、十時をすぎても店に残っていた。いつもの月例会では、午後七時には新橋《しんばし》の芸者たちが呼ばれるのだが、この夜は、それもなかった。

真剣に、何かを話し合っているに違いない。何かというより、十津川の仕かけた罠への対応を協議しているのだろう。

奥野たちは、どう反応するだろうか？

十津川の罠に、簡単にはまるだろうとは思えない。まず、半信半疑だろう。だが、早瀬と朝倉を信用できなくなっていることも、間違いない。それは、殺人犯の宿命みたいなものである。

特に、奥野のように、自分が直接、手をくださず、地位と金を餌にして殺人をやらせた場合は、相手を心から信用できるものではない。いつか彼等が自分を裏切るのではないかという、不安と疑心暗鬼があるはずだし、なければおかしいのだ。

午後十時をすぎた時、早瀬と朝倉に張りついていた刑事たちから、十津川に連絡が入った。

二人が、ほとんど同時に、車で家を出たというのである。

「たぶん、奥野に呼びつけられたんでしょう」

と、亀井が、十津川にいった。

十津川も、同感だった。

たぶん、幹部たちは、奥野に向かって、早瀬と朝倉の二人をまず呼びつけて、話をきくべきだと、進言したのだろう。二人の処分は、それから決めてもいいだろうということになったのかもしれない。

「拘束しよう」

と、突然、十津川がいった。

亀井が驚いて、

「二人を今、逮捕しても、状況証拠しかありませんから、すぐ、釈放せざるを得ませんよ」

「逮捕じゃない。拘束するんだ」

と、十津川はいった。

「何のためですか？」

「奥野をもっと、疑心暗鬼にさせるためだよ」

と、十津川は笑顔になった。ちょっと、悪戯っぽい顔になっている。

亀井もすぐ、十津川の意図がわかったらしく、

「なるほど。呼びつけて、自分たちを裏切るかどうか調べたい二人が顔を出さなければ、間違いなく、疑惑を深めるでしょうね。二人とも、拘束しますか？」

「いや、朝倉か早瀬のどちらかにしたい。そのほうが、効果的だと思う」

「なるほど。ひとりが顔を出したのにと、こなかったほうに、疑惑が強まるでしょうね。どちらにしますか？」

「奥野たちが、今、疑っているのはどちらだと思うね？」

「常識的に考えて、酒好きで、女に甘い朝倉のほうだと思います。当然、金に困っているはずですからね」

と、亀井はいった。

「私も、そう思う。朝倉を拘束しよう」

と、十津川はいった。

「しかし、警察が拘束したとわかれば、奥野たちは、朝倉に対する疑惑を消してしまうんじゃありませんか？」

「そこは、うまくやるさ」

と、十津川は微笑した。

朝倉を尾行しているのは、三田村と北条早苗の二人だった。

二人は、覆面パトカーで、朝倉の車を尾行中である。

朝倉の車、白のベンツは、甲州街道《こうしゅうかいどう》を都心に向かっているという。

十津川は、すぐ、元捜査一課の刑事で、退職して、現在は私立探偵の橋本《はしもと》に電話をかけた。

「君にやってもらいたいことがある。ちょっと危険なことなんだが」

「どんなことです？」

と、橋本がきく。

「君の車をベンツに追突させてもらいたいんだ」

「自動車事故ですか？」

「そうだ」

「それだけじゃないんでしょう？」

勘のいい橋本が、きく。

「ぶつけておいて、悪いのは相手だと、因縁をつけてもらいたい」

「わかりました」

「理由は、きかないのか？」

「十津川さんの頼みなら、相手は悪人でしょう。それさえわかっていれば、あとは、どうでもいいんです」

橋本は、電話の向こうで、楽しそうに笑い声をあげた。

「問題のベンツのナンバーは、品川《しながわ》××—×—×××で、朝倉という男がひとりで運転し、現在、甲州街道を時速五十キロで、都心に向かっている。新宿からは、新宿通りに入り、新橋に向かうはずだ。朝倉は、自衛隊出身で、何人もの人間を殺したと思われるが証拠はない」

と、十津川はいった。

「わかりました。今から出かければ、たぶん、四谷三丁目あたりで、その車と出会えると思います」

と、橋本はいった。

十津川は、橋本のことを無線電話で、追跡中の三田村と早苗の二人に告げた。

「彼がうまくやると思うから、見守っていてくれ」

2

ウィークデイの午後十一時近くのせいか、新宿通りは、かなりすいていた。

橋本の運転する中古のブルーバードは、新宿三丁目近くに駐まって、朝倉のベンツを待ち受けた。

橋本は、携帯電話で、十津川と連絡をとり、ベンツの動きを教えられていた。

橋本は、携帯電話を耳に当てながら、道路に目をやっていたが、

「今、見えてきました。白のベンツです。尾行している覆面パトカーも確認」

「うまくやれそうか？」

「簡単です。これからベンツの真後ろにつき、信号で向こうが停まったとき、追突します」

と、橋本はいった。

橋本は携帯電話を置き、車をスタートさせる。強引に、問題のベンツの真後ろにつけた。

なかなか、赤信号にぶつからず、ベンツは、五十キロぐらいのスピードで、走

り続けている。

半蔵門《はんぞうもん》近くにきて、やっと、赤信号でベンツが停まった。

橋本はアクセルを踏み、スピードをあげておいて、急ブレーキを踏んだ。

タイヤが悲鳴をあげたが、惰性でブルーバードは、ベンツに追突した。

大きな音がして、ベンツの尾灯が砕けて、プラスチックが散乱した。

ベンツのドアが開き、朝倉が身を乗り出すようにして、後方を見た。が、それより早く、橋本は、車から飛び降りて、ベンツのほうへ走っていった。

「急ブレーキなんか、かけやがって！」

と、橋本は、無理にでも喧嘩を売るつもりだから、最初から、大声を出した。

朝倉は、あっけにとられた顔だったが、急に顔を赤くして、

「ぶつかったのは、そっちだろうが！」

と、怒鳴り返してきた。

「急ブレーキをかければ、ぶつかるのが当然だろう。ベンツに乗ってるからって、でかい面《つら》をするな！」

橋本は、いきなり、相手の胸のあたりを突き飛ばした。朝倉が、運転席で引っくり返った。

信号は青になっていたが、二人の車は停まったままである。

朝倉も、車から降りてきた。

「何をするんだ！」

「何もくそもあるか。弁償してもらう」

「弁償は、そっちだろう」

「俺の車が中古だと思って、馬鹿にするのか！」

と、橋本は絡《から》んでいった。

パトカーが、駆けつけてきた。

尾行していた三田村と早苗が、パトカーを呼んだのだ。

パトカーの警官二人は、ベンツとブルーバードを道路脇に誘導してから、事情をきき始めた。

その時になって、朝倉は、自分が奥野たちに呼び出されていることを思い出したらしい。急に、そわそわし始めて、

「急用があるんだ。名刺を渡しておくから、明日、話をつけたいんだがね」

と、警官と橋本にいった。

「逃げられてたまるか！」

と、当然、橋本は息巻いた。

交通課の警官は、困惑した顔で、朝倉に向かい、

「あなたは、こちらの人のいい分を認めるんですか？　あなたが交差点で急ブレーキを踏んだので、追突してしまったということを」

と、きく。

「とんでもない！　勝手に追突してきたんだ。非は、その男にある」

と、朝倉は怒気を示して、警官に答える。

「やっぱり、逃げる気だ」

と、橋本がいう。

「それでは、詳しい事情をきいて、実況検分もしなければならないので、しばらく、つき合ってもらいますよ」

警官が、朝倉にいった。

「ぜひ、そうしてもらいたいですね」

と、橋本は応じたが、朝倉はいらいらした表情で、

「人が待ってるんですよ。時間がないんだ。逃げも隠れもしないから、明日にしてくれませんか」

「明日は、こっちが忙しいんだ」

と、橋本が抵抗した。

「それなら、いつでもいい。その時に、示談にしてもいい。とにかく、忙しいんだ」

朝倉は、しきりに腕時計に目をやった。

「逃げる気だ」

と、すかさず、橋本は相手の態度に、難癖をつけた。

「わかった。君の要求どおりにしようじゃないか。だから、今日は、このまま、帰らせてほしい。本当に、大事な用があるんだ。逃げも隠れもしない。免許証の住所と名前を控えてくれれば、すむことじゃないか」

と、朝倉は大声で橋本にいい、二人の警官に向かっていった。

年長の警官のほうが、朝倉に同情したのか、手早く、仕事をすませようと考えたのか、橋本に向かって、

「この人も、ここまでいっているんだから、後日、示談ということにしたらどうかね？　今日は、調書をとっておくということで」

と、妥協をすすめてきた。

橋本は、大げさに首をかしげて、

「どうもおかしいじゃありませんか」

「何がおかしいんだね？」

「この男の態度ですよ。最初は、悪いのはこっちみたいなことをいってたのに、急に、どうでもいいみたいないい方をして、とにかく逃げようとしている。おかしいですよ。何か後ろ暗いところがあるんだ。そうに決まってる」

「馬鹿なことをいうな！　大事な用があるんで、それで、急いでいるんだ！」

朝倉が、怒鳴る。

橋本は、その顔をじっと見つめて、

「あんたの顔を、前に、見たことがあるぞ！」

「何のことだ？」

「九州《きゅうしゅう》で起きた五年前の連続殺人事件の容疑者の似顔絵に、そっくりなんだ。お巡りさんもそう思いませんか」

「なに？」

二人の警官の顔色が変わった。

朝倉は、狼狽して、

「馬鹿なことをいうな！　私は、そんな人間じゃない！」

「顔色が変わってるじゃないか。お巡りさん。調べたほうがいいですよ」

と、橋本はいった。

警官二人は、顔を見合わせていたが、

「とにかく、署まできて下さい」

と、朝倉にいった。

3

十津川は、絶えず、三田村たちから報告を受けていた。

橋本が自分の車を、朝倉のベンツに追突させることに成功したことも、三田村と早苗からしらされた。

一方、料亭Kの監視に当たっている西本と日下からの連絡も、引き続いて受けていた。

――今、早瀬がタクシーで、料亭に着きました。慌ただしく、なかに入っていきます。

「そうか」

——朝倉はまだきませんが、何か手を打ったんですか？

「そちらにいかせないように、手を打った。が、いつまでも拘束はできないんだ」

——問題は、奥野たちがいつまで、朝倉を待つかですね。

「そうだな。今までも、充分に疑惑を持っているはずだから、そんなにゆっくりと待っているとも思えない。何か動きがあったら、すぐしらせてくれ」

三田村と早苗からの連絡も、続いている。

——パトカーの警官は、朝倉と橋本を事情聴取のため、麹町《こうじまち》署に連れていく模様です。

「朝倉の様子は、どうだ？」

——しきりに、携帯電話を使わせるように、警官にいっている様子です。

「奥野たちに、遅れる理由を電話しようとしてるんだろう」

——何とかしないと、せっかく、橋本が車を追突させた効果がなくなってしまいます。

「そうだな。こちらで、何とかしよう」

と、十津川はいい、亀井を振り返って、

「料亭Kの電話は、何本あるんだ？」

「確か二本です。番号は、わかっています」

「よし。これから、その二本に、かけ続けて、ふさいでしまえ。ほかから、割りこませるんじゃない」

と、十津川はいった。

亀井たちが、問題の二つの電話に、交代でかけ続けることにした。いわゆる無言電話である。

五分、十分、続けている間に、相手は、とうとう、受話器を外してしまったらしく、話し中になってしまった。一応、成功したのだ。これなら、朝倉も、料亭Kには、電話できないだろう。

十二時になった時、西本から、連絡が入った。

――奥野たちが、料亭Kから出てきました。とうとう、引き揚げるようです。

「しびれを切らしたんだろ。朝倉は、もうこないと考えたんだろう。連中の表情は、どうだ？」

――双眼鏡で見ていますが、さすがに、みんな、憮然とした顔ですね。社長の奥野は、ほかの連中が何か話しかけても、一切、答えずに、帰っていきましたね。

「わかった。君たちは、引き続いて、奥野邸の張り込みに向かってくれ」

と、十津川はいった。

十津川は、このあと、橋本の携帯電話にかけた。

橋本が出る。

「私だ。今、傍に誰かいるか？」

——いや、私だけですが、朝倉をこれ以上、引き止めておくのは、難しい状況です。

「朝倉は、何している？」

——電話をかけていましたが、かからないらしく、いらいらしていました。今は、これ以上拘束するなら、弁護士を呼ぶと、警官に文句をいっています。

「もう、朝倉を帰してもよくなった。君のおかげで、どうやら、目的を達したのでね」

——そうですか。こっちも、ほっとしました。

「車の修理代は、私が払わせてもらうよ」

十津川は、それだけいうと、今度は、三田村と早苗の二人に連絡を取った。

「朝倉が、帰宅することになるから、君たち二人で、しっかりと見張ってくれ」

――難しい状況になりましたか？

「拘束は成功した。たぶん、奥野たちは、前より一層、朝倉に対する疑惑を深めたはずだ。だから、危険なんだ」

――わかりました。朝倉は、殺される可能性がありますね。

「そうだ。それも、素早く消される恐れが出てきた。今日中に、殺《や》られるかもしれない」

――朝倉から、目を離しません。

「そうしてくれ。すぐ、応援を向かわせる」

と、十津川はいった。

二人の刑事が、三田村たちの応援に向かった。

十津川は、腕時計に目をやった。夜が明けるまでに、あと、四時間はある。その間に、奥野たちは、朝倉を消そうとするだろうか？　それとも、じっと我慢するだろうか？

それは、奥野の出方ということでもあるし、朝倉の出方でもあるだろう。

奥野が、朝倉を殺そうとすれば、彼は逃げ出すだろう。また、朝倉が逃げ出そうとすれば、奥野の彼に対する疑惑は決定的になり、殺害を指示するだろう。どちらが先になるか、今のところ、判断がつかない。

朝倉は、釈放された。

朝倉は、携帯電話をかけ続ける。今からでも、何とか料亭Kにいる奥野たちに連絡を取り、遅刻した弁明をしようとしているのだ。

やっと、電話がかかったが、奥野たちがすでに帰ってしまったと、しらされたらしい。三田村と早苗が見守っていると、朝倉の表情が、この時、絶望に染まるような気がした。

そのあと、朝倉は、尾灯のこわれたベンツを放棄したまま、タクシーを停めて乗りこんだ。

三田村と早苗が、そのタクシーの尾行に移る。

タクシーは、深夜の都内を走り抜けていく。

三田村と早苗は、覆面パトカーで追いながら、十津川に連絡を取り続けた。

——朝倉のタクシーは、先ほど東名《とうめい》高速道路に入りました。

「どこへいくつもりなんだ？」

――わかりませんが、自宅マンションに寄らなかったところをみると、帰宅するのは、危険だと思っているのかもしれません。

「どこかへ身を隠すつもりか」

――そう思います。奥野たちの動きはどうですか？

「奥野たちは、それぞれ、自宅に帰った。ただし、水面下で、どんな手を打っているかはわからない。たぶん、必死になって、朝倉の行方を探しているだろう」

と、十津川はいう。

その間にも、朝倉の乗ったタクシーは、東名高速道路を西に向かって走り続けて、神奈川《かながわ》県に入り、東名高速道路を出た。

すでに、時刻は午前三時に近い。

タクシーは、伊豆《いず》の東海岸の道路を南下していく。

助手席の早苗は、地図を見ながら、現在、どこを走っているのか、チェックしていた。

熱海の市内を抜け、伊東《いとう》をすぎても、朝倉を乗せたタクシーは、走り続けている。

(下田《しもだ》までいくつもりだろうか?)

左手に続く海は、月明りで青黒く光って見える。

急に、タクシーが、海岸線から右に折れて、細い道に入った。

地図を見ると、熱川《あたがわ》だった。

熱川は、伊豆東海岸に点在する温泉地の一つである。

海岸は、海水浴場になっていて、近くには、吊橋《つりばし》で有名な城ヶ崎海岸《じょうがさきかいがん》がある。

早苗が、地図に書きこまれている簡単な説明を読んでいるうちに、朝倉のタクシーは、並んでいるホテルの一つにとまった。

ホテルSの前である。

三田村も近くに車を駐め早苗が様子を見に、そのホテルに入っていった。

朝倉は、フロントでチェックインの手続きをすませ、客室係に案内されて、エレベーターのほうへ歩いていくところだった。

早苗は、彼がエレベーターに消えるのを待って、フロントにいき、警察手帳を見せて、朝倉のことをきいた。

フロント係は、緊張した表情になって、朝倉の書いた宿泊カードを見せてくれた。

そこには、加納良介《かのうりようすけ》の名前が記入されていた。

「一カ月ほど前にも、一週間、泊まっていただきました。それで、今夜は、遅くお電話をいただいたんですが、信用してお泊まりいただくことにしたんですが」

「その時も、この名前を使ったんですね？」

「はい。若い女の方とご一緒でした」

と、フロント係はいい、その時の宿泊カードを探してくれた。

確かに、そこには、加納良介の名前と木暮《こぐれ》アキの名前が、並べて書かれていた。

「二人で、ここに一週間、泊まっていたの？」

と、早苗はきいた。

「はい。お二人で、一週間、泊まっていただきました。とても、楽しそうにお見うけしましたが」

「今日は、彼女はこないんですか？」

「さあ？　でも、今日も、ツインルームを指定されていますから、あとから、女の方がいらっしゃるのかもしれません」

と、フロント係はいった。

「それでは、彼が外に電話をかけたら、私にすぐしらせて下さい」

と、早苗は頼んだ。朝倉が、携帯電話を使えば仕方がないが、部屋の電話を使えば、かけたことがわかるだろう。

早苗は、それだけフロント係に頼むと、ホテルの横に駐めた覆面パトカーのところに戻った。

無線電話を使って、東京の十津川に朝倉がホテルSに入ったこと、このホテルに一カ月前、女と一緒に泊まったことを報告した。

——女の名前は木暮アキで、これが本名かどうかわかりません。ホテルの話では、二十五、六歳で、派手な感じの女だということです。

「朝倉は、偽名を使っているんだな？」

——はい。加納良介という偽名を使っていますが、女は、本名かもしれません。ホテルのフロント係の話では、一カ月前のとき、男が、女のことをアキと呼んでいたそうですから。

「では、こちらで、至急、調べてみよう。朝倉の周囲に、木暮アキという二十五、六歳の女がいるかどうかをだ」

と、十津川はいった。

十津川は、亀井たちに、朝倉と関係のあった女を調べさせた。

前に、朝倉と早瀬のことを調べたとき、特に、独身の朝倉については、異性関係を調べさせている。

朝倉は、酒と女にだらしがないので、女関係も派手だった。何かの参考になればと、朝倉と関係のあった女の名前は、すべて、控えてあった。

木暮アキという名前はなかったが、木下《きのした》アキという名前はあった。

二十五歳。コンパニオンと書かれている。

「これだろうか？」

と、十津川は考えた。

前の捜査の時は、朝倉とは関係がある女だが、彼について、重要なことをしっているとは思われなかったのだ。

住所は、小田急《おだきゅう》線の成城学園前《せいじょうがくえんまえ》駅近くのマンションである。

身長百六十センチ。体重四十六キロ。男好きのする顔だが、金遣いが荒い。自分で、コンパニオン会社を経営したいと考えている。朝倉との関係も、彼が、金を持っているからと思われる。これが、彼女についての見方だった。

十津川は、朝倉が彼女に連絡してくる可能性を考えて、田中、木村の二人の刑事を、成城のマンションに急行させた。

まだ、夜明けまでに間があった。

奥野は、自宅に帰ったまま、表立って動きは見せていない。

ただ、必死になって、朝倉の行方を追っていることは、想像ができた。

朝倉のマンションに出かけた刑事からの連絡では、彼の部屋から、ひっきりなしに、電話の鳴る音がきこえるというからである。奥野たちが、朝倉の所在をしろうとして、電話しているに違いなかった。

朝倉は、どうする気だろうか？

十津川たちも、必死になって、彼の行動と奥野たちの動きを予測しようとした。

それに、朝倉は自分を守るために、どんな保険をかけているのだろうか？　十津川は、それもしりたかった。それは、書類だろうか？　それともテープの類《たぐ》いだろうか？

熱川にいる三田村と早苗の二人からは、その後、連絡がない。朝倉は、部屋から外に電話をかけずにいるのか、それとも、携帯電話を使って連絡しているのか。

午前三時二十分。

やっと、三田村から連絡が入った。

――朝倉は、誰かと、連絡をとったと思われます。携帯電話を使ったという証拠はあるのか?

「しかし、部屋の電話は、使ってないんだろう。携帯電話を使ったという証拠はあるのか?」

――五分前に、朝倉が、腹がへって仕方がないというので、ルームサービス係が、おにぎりとお新香を持って、部屋にいったそうです。その時、朝倉は、テーブルの上に、携帯電話を置いていたというのです。ですから、すでに誰かに電話したか、これから、電話するところと考えていいと思います。

「おにぎりは、ひとり分と注文したのか?」

――ホテルの話では、二人分作ってほしいといったそうで、六つ作って持っていったといっています。

「すると、誰かを呼ぶつもりなのかもしれないな」

と、十津川はいった。

(早瀬だろうか? それとも、アキという女だろうか?)

「早瀬とは、ちょっと考えにくいですね」

と、亀井がいう。

「なぜだ？」

「早瀬の口から、奥野たちに、自分の居所がしらされてしまうかもしれません。朝倉が、今、一番怖いのは、それだと思います」

「とすると、女か」

「一番考えられるのは、女でしょう。彼には特定の女はいませんでしたから、何人もの女のなかで、彼が一番惚れていたか、信用していた女かのどちらかだと思います」

「木暮アキ、いや木下アキは、金に目がない女のようだから、朝倉は、信用してないんじゃないかね」

「逆に、そういう女だから、金で、釣るということも考えられるんじゃないかと思いますね」

と、亀井はいった。

まだ、これといった動きは見られない。

朝倉は、携帯電話で、どこかへかけたと思われるが、これも確証があるわけではない。

奥野は、自宅に帰ったままである。

ほかのK土地開発の幹部たちにも、動きはない。

早瀬も動いていないし、木下アキという女のマンションにも変化は見られない。

三時二十八分。

木下アキのマンションの部屋に、灯がついたという連絡が入った。

朝倉から電話があったのだろうか？　それともトイレにでも、起きたのだろうか？

ただ、彼女の部屋の灯は、五分、十分とたっても、消えなかった。

三時四十分。

奥野邸から、突然、ベンツが出てきた。しかし、乗っているのは運転手だけで、奥野の姿はなかった。西本が、連絡してくる。

――奥野が変装しているのではないかと、しっかりと見ましたが、運転手であることは間違いありません。日下が、尾行しています。奥野の陽動作戦かもしれませんので、私はこちらに残って、奥野の監視を続けます。

「奥野は、間違いなく、自宅にいるんだな？」

——それは、間違いありません。

と、西本はいった。

ベンツの尾行に向かった日下からも、連絡が入ってきた。

——問題の車は、現在、新宿方面に向かって動いています。行き先は、まだ不明です。

「相変わらず、誰も乗せずか？」

——そのとおりです。スピードをあげたり、落としたりしているので、尾行を気にしている感じはしますが。

「今、どこだ？」

——間もなく、小田急線の成城学園前駅の前に出るはずです。

「木下アキのところにいくのかもしれないな」

十津川は、直感で、そう思った。

——彼女が、奥野に、朝倉のことを通報したということですか？　しかし、運転手は、何のために、彼女に会いにいくんですか？

「それは、わからない。第一、木下アキのところへいくというのは、想像だからな」

と、十津川はいった。

だが、彼の想像は適中した。そのベンツは、木下アキのマンションの前で停まり、運転手は、エレベーターで七階にあがり、アキの706号室のドアについている郵便受に、何かを投げこんだのだ。

日下は、自分が目撃したままを、十津川に無線で報告した。

——運転手は、封筒らしきものをポケットから取り出して、郵便受に投げこみ、車へ引き返しました。

「それだけか？」

——そうです。

「手紙を投げこんだわけじゃないだろ」

——封筒には見えましたが。

「金かもしれないな。札束が入っていたんじゃないか」

——かもしれません。一万円札が、束になって入っていたのじゃないですかね。遠くから見たので、はっきりしませんが、二百万くらいは入っていたと思います。あの厚さから見て。

「そのあと、運転手はどうしたんだ？」

——車に戻ると、どこかに電話をかけていました。それから今、車をスタートさせたところです。奥野邸に戻るものと思います。

たぶん、そのとおりだろうと、十津川は思った。

「やはり、札束だと思いますか」

と、亀井がきく。

「そう考えれば、納得できるからね」

と、十津川はいった。

「木下アキが、朝倉を、奥野に売ったということですか？」

「どっちが得か計算したんだろう。伊豆の熱川に逃げた朝倉が、木下アキにきてくれと電話してきた。アキとしては、今後、朝倉と一緒に逃げたほうが得か、彼を売ったほうが得か、考えたんだと思うね」

「それで、奥野に電話したわけですか？」

「そうだよ。ただ、朝倉がどこにいるかは、教えなかった。教える代わりに、現金で百万なり、二百万なり、今、くれればといったんだろうと思うね。だから、奥野は、運転手に、要求された金を持っていかせた」

「もし、警部の推理どおりなら、今頃、木下アキは、朝倉の居所を、奥野に教えていますね」

「そうなるね」

十津川は、緊張した顔で、いった。

「奥野は、朝倉を消すんじゃありませんか」

「たぶんね。だが、自分では、手を下さないだろう。例によって、金を与えて、誰かに殺らせるはずだ」

と、十津川はいった。

4

十津川は、神経をとぎすませて、奥野たちの動きに注目した。

最初に動いたのは、早瀬だった。

彼が、ワゴン車に乗って、家を出たという報告が飛びこんできた。

午前四時五分である。

「奥野は、早瀬を使って、朝倉を殺させる気ですよ」

と、亀井がいった。

「早瀬にしたら、自分が、奥野たちを裏切らないことを証明するためにも、朝倉を自分の手で殺さなければならない、そこまで、彼を奥野は追いこんだということだろう」

「汚い仕事は、すべて、朝倉や早瀬たちにやらせて、奥野や幹部たちは、手を汚さないということですか。ひどい連中だ」

亀井が、吐き出すように、いった。

午前四時十五分。

木下アキが、タクシーを呼び、成城のマンションを出て、乗りこんだ。

早瀬の尾行には、西本と日下が当たり、木下アキの尾行には、田中と木村の二人の刑事が当たった。

まず、早瀬の車が、東名高速道路に入ったことが、報告されてきた。

「間違いなく、早瀬は、朝倉を殺しに熱川にいきますね」

と、亀井が、十津川に、いった。

続いて、木下アキの乗ったタクシーが、東名高速道路に入る。

「彼女は、何しに、熱川にいくんでしょうか？」

と、亀井が首をかしげた。

「奥野に頼まれたんだろう。朝倉が、木下アキを呼んだ、その彼女がいつまでもいかなければ、朝倉が疑いを持つ。だから、彼女は熱川に向かい、時々、タクシーのなかから、携帯電話で朝倉に連絡して、今、どこまできているか伝えて、彼を安心させるつもりだと思う」

「それを、奥野に頼まれたということですか?」

「そうしてくれれば、さらに、札束を渡すと、いわれたんだと思うね」

と、十津川はいった。

「彼女は、それに応じたというわけですか」

「すべて、金だろう」

と、十津川はいった。

十津川は、熱川にいる三田村と早苗にも、すべての動きをしらせた。

「早瀬が、いつ頃、そちらに着くかは、彼を尾行している西本と日下から、君たちのほうに連絡がいくはずだ」

──早瀬が、殺しの使者ですか。

「彼なら、朝倉のことを、よくしっているし、手も汚している。だから奥野は、一番の適任者と、思ったのだろうね」

――早瀬も、可哀相ですね。奥野に、利用しつくされるんだから。

「今度は、犯人にはならないよ。われわれが、それを止めさせるんだ」

と、十津川はいった。

ただ、止めるタイミングが難しいことも、十津川は覚悟していた。熱川にいく途中で、拘束してしまえば、簡単に殺人は防げるが、それでは、ただ単に、今日の殺人を防げたということで終わってしまう。

早瀬だって、殺意を否定するだろうし、奥野が朝倉殺しを命じたことも、証明することは難しい。

といって、朝倉が、また、いつ、狙われるかわからないし、彼が、これまでの事件について、自供してくれる保証もないのだ。

十津川としては、早瀬を、弁明のできないところまで追いつめておいてから、逮捕したかった。そうしなければ、意味がないからである。

危険な賭けである。

へたをすると、朝倉が殺されてしまいかねない。

十津川としては、朝倉を助け、同時に、早瀬を、自供させるところまで、追いこみたいのだ。

十津川だけの願いではなかった。亀井も、西本も、すべての刑事たちが、それを願っていた。

「早瀬は、どうやって、朝倉を殺すつもりだと思うね?」

と、十津川は、亀井に、きいた。

「一番考えられるストーリーは、まず、木下アキが朝倉に会って、安心させ、ホテルから連れ出す。そこを早瀬が殺してしまうというものじゃありませんか」

と、亀井はいった。

「もし、そのとおりだとすると、早瀬は朝倉だけでなく、木下アキも一緒に殺せと、奥野に指示されていることも考えられるね」

と、十津川はいった。

そのほうが、奥野たちにとっては、都合がいいだろう。秘密をしる人間は、ひとりでも少ないほうがいいからだ。

木下アキの乗ったタクシーと、早瀬のワゴン車は、東名高速道路を走り続けている。

前後して、東名高速道路を離れ、熱川に向かった。

西本たちも、二台の車を尾行して、熱川に向かっている。

早瀬の車が、先に、ホテルSの近くに着いた。

そのまま、動かない。

尾行してきた西本たちに向かって、十津川が無線で、指示を与えた。

「間もなく、朝倉の女、木下アキが、タクシーで、そちらへ着くはずだ。タクシーは、クローバータクシーだ。彼女は、金をもらって、朝倉をおびき出す役目だと思われる」

——それを、早瀬が待ち構えていて、殺すわけですか？

「ついでに、彼女も殺されることになっているかもしれない」

——追いつめられて、女と心中という筋書きができているのかもしれませんね。

「なるほどな。今、そちらは、夜が明けたか？」

——東京と同じですよ。間もなく、夜が明けます。まだ、暗いです。

「ホテルのなかに入っている三田村と北条早苗の二人とも、充分に連絡を取って、対処してくれ」

——奥野たちは、どうしています？

「今のところ動きはない。たぶん、息を殺して、早瀬からの連絡を待っているんだろう」

と、十津川はいった。

5

夜が明けてきた。

伊豆の東海岸、熱川の海が、明るくなってきた。

東京のタクシーが、ホテルSに着いた。

なかから、木下アキが降りてくる。彼女は、さすがに、この時刻はまだ寒いのか、それとも、緊張で体が震えるのか、コートの襟を立て、蒼白い顔で、ホテルのなかへ入っていった。

広いロビーの隅には、若いカップルが、小声で話しこんでいる。泊まり客を装った三田村と、早苗の二人である。

木下アキは、フロントで、加納の部屋ナンバーをきくと、エレベーターに乗りこんだ。

三田村と早苗が、それを、外にいる西本たちに、携帯電話でしらせる。

逆に、その西本が、早瀬が動き出したと伝えてきた。

――今、彼のワゴン車が、動き出した。

「動き出したって、朝倉と木下アキの二人は、まだ、このホテルにいるんだぞ」

――それはわかっているが、とにかく、早瀬の車が動き出したんだ。尾行する。田中たちが、ここに残ってるよ。

と、西本はいった。

木下アキは、朝倉の部屋に入ったまま、まだ出てこない。

「彼女の気が変わったんじゃないの？」

と、早苗がいう。

「気が変わったって？」

「朝倉を、奥野たちに売ったが、こうして熱川にきて、彼に会った途端に、気持ちが動いて助けたくなってしまった――」

「それで？」

「だから、二人で、どうやって、ここから逃げようかと相談してるんじゃないかしら」

「それは、違うと思うね」

と、三田村はいった。

「でも、もう二十分もたってるわ」

「朝倉は、追いつめられて、きりきりしている。殺されるかもしれない。そんな時って、不思議に、欲情するものでね。それに、女の気持ちを確かめたい。だから、今頃、ベッドのなかで、抱き合ってると思うね」

「それが、男の生理？」

「まあね。女にしてみたら、朝倉に疑われるのは困るから、求められるままに、ベッドに入った――」

と、三田村は、したり顔で、いった。

四十分ほどして、やっと、朝倉と木下アキが出てきた。

二人は、下のフロントで、チェックアウトの手続きを取ると、タクシーを呼んで、乗りこんだ。

二台の覆面パトカーが、そのタクシーを尾行した。

先に立って尾行するのは、三田村と早苗である。

朝倉たちは、さらに、別の場所へ逃げると考えられたのだが、タクシーが向かったのは、近くの名所・城ヶ崎だった。

海岸の断崖にあり、美しい吊橋で有名だった。

まだ、朝が早いので、観光客の姿は、ほとんどない。

遊覧船も、まだ出ていなかった。

タクシーを駐めた二人は、運転手に待つようにいっておいて、吊橋のほうへ歩いていく。

木下アキは、甘えるように、朝倉にもたれかかりながら、

「一度でいいから、ここの吊橋を渡ってみたかったの」

「本当に逃げなくて、大丈夫なのか？　奴等《やつら》は、恐ろしい連中なんだぞ」

朝倉は、不安げに、周囲を見回している。

木下アキは、笑って、

「何をびくびくしてるのよ。誰も尾けてきやしないわよ」

そんな話をしながら、二人は、吊橋のところへやってきた。

深く細い入江にかかっている鉄製の吊橋だった。

短いものだが、その吊橋から眺める海の景色は、素晴らしい。

「俺は、吊橋というやつが苦手なんだ」

と、朝倉はいいながらも、木下アキと手を繋いで、吊橋を渡り始めた。

風が少し吹いている。

二人が吊橋のなかほどまできたとき、周囲の空気を引き裂いて、銃声が轟いた。

朝倉が、吊橋の上で、身を伏せた。

次の瞬間、対岸で、男たちの怒声が飛び交い、三人の男が殴り合いを始めた。

西本と日下が、銃を撃った早瀬に飛びかかったのだ。

早瀬の抵抗は激しかったが、西本たちは、殴りつけ、組み伏せて、手錠をかけた。

西本は、立ちあがると、吊橋の真ん中に立ち竦んでいる朝倉と木下アキに向かって、

「こちらは、警察だ。おとなしく、渡ってきたまえ」

と、叫んだ。

朝倉は、反対側に向かって、逃げようとした。が、そこにも、三田村と早苗が、立っていた。

朝倉は、吊橋の上で、へたりこんでしまったまま、動かなくなった。

第七章　死の遊覧飛行

1

朝倉が城ヶ崎で狙撃されたが、助かったこと、狙撃した早瀬を逮捕したことをしって、十津川は、これで事件は解決したと思った。

朝倉は、自分が殺されかけたという怒りと恐怖から、すべてを話してくれるだろうし、早瀬は、狙撃した現場を押さえられたのだから、観念して自供するだろうと、期待したのである。

木下アキにしても、同じだった。奥野に金をもらって、朝倉を裏切ったことを、話してくれるだろうと予想した。

そうなれば、奥野を、五年前の事件と、今回の連続殺人の主謀者として、起訴できる。奥野にしたがっている現在の幹部社員もである。

だが、現実はそううまくはいかなかった。

木下アキは、何もしらないと主張し、狙われた朝倉は、なぜ狙われたのかわからないというばかりだった。

早瀬は、殺人未遂ということで、逮捕したのだが、その件は認めたものの、五年前の事件についても、広川たちを殺した件についても、何もしらないと主張した。

「それなら、なぜ、朝倉を狙撃したんだ？　何の恨みがあったんだ？」

と、十津川はきいた。

「金のためですよ」

と、早瀬はいった。

「金？」

「友だちだというんで、何回か金を貸して、全部で、二百万くらいになってるんです。だが、いくら催促しても、いっこうに、返してくれない。いい加減に腹が立っているのに、のんびりと伊豆の温泉で、女と遊んでいるときいて、腹が立ったんですよ。癪に障ったから、拳銃を手に入れて、それで狙ったんです」

と、亀井はいう。

「奥野たちは何を考えていると思うかね？」

と、十津川は、部下の顔を見回した。

西本が、それに対して、自分の意見を口にした。

「今のところは、朝倉や早瀬たちが何も喋らずにいることをしって、ほっとしていると思います」

「朝倉たちが何も喋らなかったとわかるかな？」

と、日下がきく。

「喋っていれば、警察が押しかけてくるはずだ。それが何もないのは、喋っていない証拠と、考えていると思うね」

「そのとおりだと思うね」

と、十津川は賛成してから、

「だが、いつ、朝倉が喋ってしまうか、その不安もあるはずだ。だからこそ、早瀬を使って、朝倉の口を封じようとした。その不安は今も消えていないはずだし、前より一層強くなっているはずだよ」

「すると、朝倉は、外に出たとたんに、殺されかねませんね」

と、西本がいった。

「それを一番強く感じているのは、朝倉自身だろう」

と、十津川。

「それなら、我々に協力すればいいのに」

三田村が、腹立たしげにいった。

「それを期待していたんだが、駄目だったということさ。すべてを話せば、朝倉だって、極刑はまぬかれない。だから、朝倉は沈黙を選んだんだよ」

と、十津川はいった。

「朝倉は、どうしますかね?」

と、日下がきく。

「私が彼なら、解放されたとたんに、奥野に連絡をとるね。まず、彼に恩を売る。警察に喋らなかったということでね。そして、自分の安全と、金を要求する。そして、たぶん、彼は外国へ逃げようとするだろう。それ以外に、朝倉がとる方法は考えつかないね」

と、十津川はいった。

「朝倉は、まとまった金も持っていませんからね」

と、三田村はいった。

「それに対して、奥野はどう答えますかね？」

と、西本がきいた。

「早瀬が失敗してすぐだからね。へたに動けば、警察が手ぐすね引いて待っていて、すぐ逮捕されてしまうことは、奥野たちにだって、わかっているはずだ。もちろん、われわれも、当然、警戒している。と、なると、朝倉が何を要求しても、最初はそれをのまざるを得ないだろうと思う。問題は、その先だ。朝倉は大金を手に入れて、一刻も早く、国外脱出を図ろうとするだろうし、奥野たちは、その前に彼を消して、完全に安全なものにしようと考えるはずだよ」

と、十津川はいった。

「奥野たちが諦めて、朝倉を海外に逃亡させてしまうということは、考えられませんか？」

そう質問したのは、北条早苗だった。

十津川はうなずいて、

「その可能性は、大いにあるね。今もいったように、奥野たちはへたに動けない。それに早瀬が捕まってしまって、ダーティな仕事をやる人間が、差し当たって、いないんじゃないか。朝倉を消すにしても、消す人間を手当てしなければならない。口が堅くて、金で殺しを請け負ってくれる人間をだよ」

「すると、朝倉が、すんなり国外へ脱出してしまう可能性もあるわけですか？」

と、早苗がきく。

「可能性としては、充分に考えられるね」

「そうなったら、事件の解決は遅れてしまいますわ」

早苗が、いった。

確かに、そのとおりだった。今のところ、奥野たちが事件の真相を話すとは思えないし、早瀬は朝倉に対する殺人未遂は認めても、五年前の航空機事故の真相などを、証言するとは思えない。

木下アキには、なおさら、期待は持てそうもなかった。彼女が奥野に金をもらって、朝倉を裏切ったことを自供したとしても、奥野が否定したら、証拠はないのだし、彼女が自供する可能性はほとんどない。ここで奥野のことを黙っていれば、さらに、金が手に入る可能性があるからだ。たぶん、アキは、そうするだろう。

K土地開発が、どんな手を打ってくるのか。

突然、K土地開発は、新会社の設立を発表した。というより、新会社に衣替えしてしまったのである。

新しい会社の名前は〈ニューワールド株式会社〉だった。

事業内容は、不動産の売買から、マンションの設計、建築と、K土地開発の時と同じ項目が並んでいるが、新しい事業として、なぜか、観光事業という項目がプラスされていた。

かっこして、ヘリによる遊覧事業とある。

たぶん、十津川たちが、ヘリを殺人計画に使用したのではないかと疑惑を持っているのをしって、その疑問をそらそうと考えたのだろう。

しかし、社長も重役の名前も、K土地開発とまったく同じだった。

いや、まったく同じではなかった。新しく、相談役として、荒川貢《あらかわみつぐ》の名前があったからである。

十津川は、この名前に戸惑いを覚えた。

荒川貢は、最高検察庁の幹部を務めたことのある人だった。

その荒川を相談役に迎えたのは、明らかに、警察に対する牽制だった。

しかも、荒川は、今の警視総監の大学の先輩でもある。

K土地開発、新会社となった、ニューワールド株式会社は、たぶん、高額の報酬で、荒川を相談役に迎え、警察に圧力をかけようと考えたに違いない。あるいは、無言の圧力といったものなのか。

そのニューワールド株式会社は、新会社のお披露目パーティを開いた。

相談役の荒川も出席し、各界の名士も招待され、Dホテルの孔雀の間で、盛大におこなわれた。

十津川と亀井は、そのパーティにもぐりこんだ。

社長の奥野は、挨拶のなかで、次のようにいった。

「——バブルの時代は、終息しました。これからは、低成長、そして、余暇を楽しむ時代であると考えます。わが社も、その時代に合わせて、余暇を楽しむ、つまり、レジャー産業を目指すことにいたしました。新たに、遊覧飛行の部署を設けたのが、その一つの表れと見ていただければ、よろしいと思います。明日、わが社のヘリコプターによるデモフライトがおこなわれ、ニューワールド株式会社の門出を祝うつもりでおります」

このあと、来賓が、次々に、新会社の出発を祝福し、励ます挨拶を続けた。

相談役の荒川も、短い挨拶をしたが、そのなかで、

「ニューワールド社について、いわれのない中傷、誹謗がおこなわれ、警察まで

が疑惑を抱いているようだが、私が、相談役として、会社のすべてを調べさせてもらった結果、何も問題のないことが、わかりました。このことは、相談役として、皆さんに報告させていただきます」

と、述べた。

明らかに、警察に対して、圧力をかけていると、見ていいだろう。

しかし、荒川の牽制がなくても、警察は、手づまりに落ちこんでいた。

朝倉と木下アキは、帰さざるを得なかったし、殺人未遂で逮捕した早瀬は、朝倉を個人的に憎んでいたので殺そうと思ったとは自供しても、それ以上のことは、ひと言も、喋ろうとしないのである。

五年前の事件のことはもちろん、銃を手に入れた経緯についても、喋ろうとしない。今のところ、早瀬については、殺人未遂で起訴するより仕方がないのだが、それでは、彼を逮捕した甲斐がなかった。

パーティの翌日、調布飛行場で、奥野のいっていたヘリのデモフライトがおこなわれた。

十津川と亀井は、これも、見に出かけた。連中が、何をする気なのか、しりたかったからである。

快晴だった。

ただ風が強く、寒い。

ニューワールド株式会社が、新しく購入したという三機のヘリが、並んでいた。

アメリカ製で、最大十人の客を乗せることができるという。

純白の機体に、赤いラインが入り、ニューワールドの社名と、遊覧1号、2号、3号の文字が入っている。

三機のヘリは、次々に飛び立っていった。純白の機体が陽光を受けて、きらきら、光っている。

三機は、東京上空を、それぞれ、三十分ほどフライトして、帰ってくることになっていた。

三機の機影が、東、西、南に、消えていく。

十津川は、それを見送ったあと、急に、不安に襲われた。

3

五年前の航空機事故のことを、思い出したからだった。

また、それが、再現されるのではないかという不安だった。ニューワールド側は、今日の三機に、どんな人間が招待されて試乗したのか、発表していない。

十津川は、警察手帳を示して、三機のヘリに、どんな人間が乗っているのか教えてほしいと、ニューワールドの社員にいった。

「ちょっと、わかりませんね」

と、社員はいう。

「それは、少しばかり、無責任なんじゃないかね」

「今日早朝から、きて下さったお客様のなかから、五、六人ずつ、三機のヘリに乗っていただいたので、名前などは控えていません。とにかく、わずか三十分のデモフライトですから、問題はありません」

と、社員はいう。

亀井が、次第に腹を立てて、

「少しばかり、無責任じゃないのか。もし、事故でも起きたら、どうするんだ？乗っている人間の名前がわからないとなると、どうやって、被害者を確かめるんですか？」

「刑事さん。何度もいいますが、今日はデモフライトなんですよ。危険な場所を飛ぶわけではありませんし、ご覧のように、天候も安定しています。何の心配もありませんよ」

と、社員は微笑した。

「しかし、風は強いよ」

と、十津川はいった。

「このくらいの風は、問題じゃありません。あのヘリは、アメリカでも、安定性のあることで有名な機種ですから」

と、社員はいった。

十津川は、もう一度、空を見あげた。青く澄んだ冬空が広がっている。心配なのは、風だった。いや、奥野社長の考えである。

今のところ、早瀬は、奥野たちに不利な証言はしていないし、たぶん、今後もしないだろう。

問題は、むしろ、朝倉と木下アキの二人と、奥野たちは思っているに違いない。

とすれば、あの二人が狙われる可能性が強いのではないか。

「新しい航空機事故――」

と、十津川は呟いた。

亀井が、それをきいて、

「警部も、それを考えておられるんですか？」

「前に、成功しているからな。二人の人間を殺すには、交通事故が、一番、手っ取り早い。航空機事故なら、二人共、死んでも、不思議に思われない――」

「そうですね」

「二人のほかに、口を封じたい人間がいれば、なおさらだろう」

「西本に電話します。彼と日下に、今、朝倉と木下アキがどうしているか、調べさせます」

と、亀井はいい、携帯電話を取り出して、西本を呼び出した。

彼に、二人の居場所を確認するようにいってから、亀井は、腕時計に目をやって、

「三機のヘリが、無事に戻ってくれば、問題はないわけですが――」

と、十津川にいった。

「そうだな。戻ってくるのを、待ってみよう」

と、十津川もいった。

三十分を五、六分すぎて、最初の一機が帰ってきた。

遊覧2号である。

東京の東部、江東《こうとう》から晴海《はるみ》、向島《むこうじま》と、遊覧して戻ってきたのだ。

乗っていたのは、八人の一般客で、満足そうにヘリから降りてきた。

続いて、もう一機、ヘリが帰ってきた。

遊覧3号で、東京と神奈川の境を流れる多摩川《たまがわ》に沿って、羽田《はねだ》沖まで往復してきたという。

この機にも、八人の一般客が乗っていた。

そのあと、十分、二十分とすぎたが、三機目のヘリが、なかなか、戻ってこない。

ニューワールドの社員たちも、最初のうちは、

「予備の燃料は、充分に積んでいるので、安心して下さい」

と、いっていたが、時間がたつにつれて、重苦しい空気が、漂ってきた。

無線電話を使って、しきりに、遊覧1号に呼びかけるのだが、応答がまったくなくなってしまっている。

次第に、事態の悪化が予想され、慌ただしい動きになった。

現場にいた新聞記者や、テレビ局員が、動き始めた。

行方不明になった遊覧1号は、東京の西部、奥多摩《おくたま》方面に向かったヘリだった。

十津川と亀井は、これが、計画されたものだと推測した。

新聞記者たちも、駆けつけたテレビ局の中継車のカメラも、単なるヘリの遭難として捉えていたが、二人は犯罪として、捉えようとしていた。

西本たちの電話での報告も、十津川の確信を深めた。朝倉も、木下アキも、行方不明だというのである。

この二人を遊覧1号に乗せて、五年前の事故を再現させる気なのではないか。犠牲になるのは、もちろん、朝倉と木下アキ、それに、奥野たちにとって目障りな人間ということになるのだろう。

ニューワールドでは、帰投していた2号機を、捜索のために飛ばすという。

十津川は、ますます、五年前の事件が再現されるのではないかという不安を覚えた。

五年前、当時の社長派の幹部たちの乗ったチャーター機を爆破させた上、殺し屋を乗せたヘリを飛ばし、生存者がいたら殺させようとした。

それをまた、連中はやろうとしているのではないのか。

十津川は、亀井と、調布飛行場にあるほかの遊覧飛行会社に当たり、ヘリを一機、チャーターした。

それに乗りこむと、十津川は、飛び立とうとしているニューワールドのヘリを指さして、

「あのヘリを追ってくれないか」

と、操縦士《パイロット》に頼んだ。

ニューワールドの遊覧2号は、飛び立つと、西に向かってスピードをあげていった。

十津川たちのヘリが、そのあとを追う。

しばらくすると、眼下に相模湖《さがみこ》が見えてきた。ここから北に向かう。

低い山が、重なって見える。

その山間《やまあい》が、深くなっていく。奥多摩に入ったのだ。

風は、相変わらず強い。

「御岳山《みたけさん》のほうへ向かってるね」

と、パイロットがいった。

眼下に、線路が鈍く光って見える。たぶん、五日市《いつかいち》線だろう。

その御岳山が、見えてきた。

ニューワールドのヘリが、スピードを落として、ゆっくりと旋回を始めた。

墜落したかもしれない遊覧1号を、探しているのか。それとも、ゼスチュアなのか。

「われわれが、ついてきたので、困惑しているのかもしれませんよ。生存者を見つけて、殺すわけにはいかんでしょうからね」

と、亀井がいった。

「そうだな。墜落していても、生存者がいれば、助けられるはずだ」

と、十津川はいった。

ニューワールドのヘリは、こちらのヘリを牽制するように、高度をあげたり、さげたりしている。

その間にも、御岳山の山肌が、近づいてくる。

急に、こちらのパイロットが、

「右下に、ヘリの残骸らしきものが見えますよ！」

と、叫んだ。

十津川と亀井も、右下の山肌に目をやった。

最初に目に入ったのは、煙だった。

草むらが燃えているのだ。そして、散乱している機体らしきもの。

長い棒のようなものが、折れ曲っているのは、ヘリの回転翼らしい。

散乱した胴体部分は、まだ、煙をあげている。

ニューワールドのヘリも、見つけたらしく、平坦な場所を求めて、高度をさげていく。

「私たちを、近くに降ろしてくれ」

と、十津川は、パイロットに頼んだ。

「無理だな。着陸できる適当な場所がありませんよ」

と、パイロットがいう。

ニューワールドのヘリも、着陸地点が見つけられないらしく、ホバリングして、ロープで、社員を降ろし始めた。

「われわれも、あれで降りましょう」

と、亀井がいった。

「危険ですよ」

と、パイロットがいう。

十津川は、蒼い顔で、

「わかってるが、やってほしいんだ」

と、いった。

パイロットが、高度をぎりぎりまでさげて、ホバリングをしてくれた。

十津川と亀井は、ドアを開け、ロープを二本、地上に垂らした。

風で、そのロープが、大きく揺れる。二本のロープが、絡まる。

意を決して、十津川と亀井は、そのロープに飛びついた。一瞬、体が回転して、めまいがする。

パイロットが、必死に、ヘリを空中に静止させようとしている。が、それでも、激しく上下する。

十津川は、少しずつロープを降りていく。掌が、焼けるように熱くなった。

最後は、降りるというより、地上に落ちた。

体が、熊笹《くまざさ》の上に転がる。いそいで立ちあがった時、亀井も、同じように立ちあがって、

「大丈夫ですか？」

と、声をかけてきた。

ヘリは、危険から身を避けるように、急上昇していく。

「急ごう！　連中が何かする前に、現場にいかなきゃならん」

と、十津川はいった。

二人は、熊笹に足をとられながら、駆け出した。

焼ける匂いが近づき、黒煙が流れてくる。

ニューワールドの社員三人と、ほとんど同時に、現場に辿り着いた。

草木が焼け、機体が散乱している。

「こりゃあ、ひどいな！」

と、社員が呟いている。

「カメさん。生存者を見つけたいよ」

と、十津川はいった。

「この状態では、生存者がいるとは思えませんね」

と、亀井はいいながらも、まだ、くすぶっているなかに、足を踏み入れていった。

そして、最初の死体を見つけた時、死体を見馴れている亀井も、一瞬、目をそむけてしまった。

死体というよりも、肉片としかいいようがなかったからである。

機体が散乱しているように、死体も散乱していたのだ。

ジェット旅客機が山肌に激突したりすると、こんなふうに死体が散乱して、肉片となって飛び散ることがあるが、ヘリコプターである。

「硝煙の匂いがするよ」

と、十津川が呟いた。

「何か、爆発があったみたいですね。だから、こんなひどい状況になっているんでしょう」

と、亀井がいった。

三人の社員は、呆然とした表情で立ち竦んでいる。どの顔も、引きつっている。

(どうやら、連中は、殺し屋ではないらしい)

と、十津川は思った。拍子抜けの感じだった。

4

一時間以上して、青梅《おうめ》署の警官と、消防隊員が、やってきた。

それに、マスコミもである。周囲はすでに暗くなり、現場では、懐中電灯を持った人々が動き回った。

警察は、彼等が現場を踏み荒らすのを恐れて、夜七時には、彼等の行動を制限した。

翌日、明るくなると同時に、警察は現場保存を第一に考え、周囲にロープを張りめぐらせた。

朝刊各紙は、この事件を報道したが、そのなかに、

〈空中爆発の可能性〉

の文字が、躍っていた。

これは、ニューワールドの遊覧航空部の君原《きみはら》部長が、次のような声明を出した

ためだった。

〈無線で、遊覧1号のパイロットと交信をしている最中に、突然、爆発音がきこえ、同時に、交信が途絶えてしまいました。どうも、空中爆発があったとしか考えられません。わが社が、新しく観光部門に進出するについて、妨害や反対の声が多く、今回の件も、それに関係があるのではないかと、思っております〉

この君原部長は、三十五歳。五年前の事件の際、今の奥野社長派として活躍し、その功で部長になったといわれている男だった。

事故調査団による、正式な調査が開始された。

それと併行して、警察による被害捜査もおこなわれ、十津川たちも、それに協力した。

ニューワールドの遊覧航空部の発表によると、デモフライトの日、遊覧1号には、田口英夫《たぐちひでお》パイロット四十九歳と、コンパニオンの井岡朱美《いおかあけみ》二十五歳、それに、一般客四人（男三人と女ひとり）が、乗っていたという。

また、一般客は、早い者順に乗せたので、名前、住所などは、控えていないというのだ。無責任だが、今となっては、それを責めても仕方がない。

十津川をはじめ、警察は、遊覧1号に乗っていたはずの六人の死体の発見に努めた。

爆発が激しかったためか、死体はばらばらになり、四散している。肉片が飛び散り、男女の区別さえつかない死体もあった。

身元を証明するのは、死体そのものより、現場にあった所持品だった。運転免許証や手帳、あるいはハンドバッグなどである。

死体も、ばらばらになった部分が集められ、身元の割り出しがおこなわれた。

パイロットの田口英夫とコンパニオンの井岡朱美は、まず、死亡したであろうことが想像された。

運転免許証などから、四人の一般客のうち、二人の男の身元が確認された。

中川利夫《なかがわとしお》（42）　世田谷区《せたがや》成城×丁目

大野　博《おおのひろし》（45）　杉並区阿佐谷北《あさがやきた》×丁目

だが、あとの二人の男と女の身元は、最後までわからなかった。それだけ、死体の破損も激しく、所持品も見つからなかったからである。

機体の破片も、慎重に一カ所に集められ、事故原因の調査が開始された。

〈遊覧1号〉の文字がある白い機体の一部も、焼け焦げている。特に、客室のシートの一部が、もっとも激しく焼けて、破壊されているのがわかった。硝煙の匂いも、一番強い。たぶん、そのシートの下に、強烈な爆薬が仕かけられていて、ヘリが現場にきた時、爆発したのであろう。

事故調査団の最初の報告は、そういうものだった。

これは、単なる事故ではなく、犯罪だろうという推測が生まれたのだ。

いったい、誰がヘリに爆薬を仕かけたのか。十津川たちは、その犯人捜しと同時に、身元不明の男女について、捜査をすすめた。

西本たちの捜査によれば、朝倉と木下アキの二人は、依然として、居所が摑めない。行方不明のままである。

身元不明の男女は、朝倉と木下アキの二人ではないのか。

ニューワールドの広報室は、ライバル会社が、わが社を叩き潰そうとして、ヘリを爆破し、乗客を殺したに違いないと発表し、相談役の荒川を通して、警察に対し、一刻も早く犯人を逮捕してほしいと、要望書を提出した。

それを、新聞、テレビが取りあげるのを計算していることは、明らかだった。

もちろん、新聞もテレビも大きく扱った。

しかし、十津川は、爆破したのがニューワールドのライバル会社だとは考えなかった。

朝倉と木下アキを永久に黙らせるために企んだ犯罪と、十津川は考えたのだ。

当然、犯人は、奥野社長たちということになる。

ただ、この考えに三上本部長は疑問を投げかけた。

三上本部長の疑問は、二つの点についてだった。

一つは、遊覧1号の爆発で、六人の男女が死んでいる。朝倉、木下アキの二人を殺すために、無関係な四人の男女を殺すものだろうか？

もう一つは、朝倉と木下アキは、自分たちが殺されるかもしれぬと、いつも警戒していたはずである。それが、なぜ、やすやすとヘリに乗ってしまったのかという疑問だった。

二つとも、当然の疑問である。十津川としては、この二つの疑問に対して、答えを見つける必要に迫られることになった。

「連中は、自分たちの安全のためなら、無関係の人間を巻きこむことぐらい、平気ですよ」

と、若い刑事のなかにはいうものもあったが、十津川は、その説はとらなかった。

確かに連中は冷酷で、人殺しを何とも思わないところがある。しかし、それでも、二人を殺すために無関係の四人を殺すとは、十津川には思えないのだ。

連中にも、少しは人間的なところがあるはずだというつもりは、ない。

むしろ、連中は冷静に計算するだろうと思うからである。二人を消すために、無関係の四人もの人間を巻き添えにしたり、ヘリを一機破壊するのは、経済的ではない。バブルを生き延びた連中が、そんな不経済なことをするはずがないというのが、十津川の考えだった。

ただ単に、朝倉と木下アキを殺す目的なら、別にヘリを爆破しなくても、二人だけを車に乗せて、崖から突き落とせば足りるのだ。それを考えれば、無関係と思われる四人の男女も、連中から見て、口を封じる理由があったのではないだろうか。

十津川は、部下の刑事たちにそれを調べさせることにした。

「たぶん、何か出てくると思うね」

と、十津川は、亀井にいった。

「もう一つの疑問の答えは、どうですか？」

と、亀井はきいた。

「どうやって、朝倉と木下アキを、ヘリの遊覧1号に乗せたか？」

「そうです。簡単には、乗らんでしょう」

「そのことなんだが、あの日、私とカメさんは、ニューワールドのデモフライトを見に、調布飛行場へ出かけた――」

「そうです」

「何か企んでいると思って、連中の様子を注意して見ていたつもりだ」

「そうです」

「あの時、朝倉と木下アキを、カメさんは見かけたか？」

「いえ。捜したつもりですが、見つかりませんでした」

「そうだろう。私も、見なかったんだ」

「前もって、乗せておいたんじゃないでしょうか？　睡眠薬を飲ませるかしてです」

と、亀井はいった。

「その可能性もあるね」

と、十津川はうなずいたが、

「しかし、それも難しいね。ほかにパイロットも含めて、四人の人間がヘリには乗っているわけだからね。彼等がおかしいと思って騒ぎ出すはずだ」

「しかし、実際に遊覧1号は御岳山の上空で爆発して墜落し、六人が死亡しているわけです」

「そうなんだ。だが、調布飛行場で彼等を乗せて、飛び立つのは難しい。われわれが監視していたわけだからね」

と、十津川はいった。

「それなのに、連中はどうやってうまい具合に、朝倉たちを乗せて爆破できたんでしょうか？」

と、亀井が首をかしげた。

警察の鑑識は、調査団と別に調査を進めていた。

その鑑識から新しい報告が入った。

「墜落現場の土が焼けている」

と、中村技官が、十津川にいった。

「当たり前だろう。ヘリが墜落して、炎上したんだから」

「ただ焼けているんじゃないんだ。ヘリの一部が、地面に深く突き刺さっている。それに、土壌の一部に、硝煙反応がある」

と、中村はいった。

「どういうことなんだ?」

「空中で爆発したのなら、破片がそんなに深く突き刺さりはしない。土壌に硝煙反応も出ないだろう。つまり、ヘリは地上で爆発したか、あるいは地上すれすれで爆発したに違いない。そういうことだ」

「地上すれすれ?」

「このケースはほとんどないから、十中八九、地上で爆破したと考えていいんじゃないか」

と、中村はいう。

「地上で、爆破したということは――」

「そうさ。ヘリは御岳山の山腹に着陸したか墜落したあと、爆破されたんだよ」

と、中村はいった。

「ということは、爆破された時、乗っていた人間が生きていた可能性もあるということじゃないか」

と、十津川は、険しい表情になっていた。

「そうだな」

と、中村はいった。

5

十津川は、その結果を捜査会議で報告した。

「これは、重大な発見です」

「しかし、調布飛行場で飛び立つ時、朝倉たちをどうやって乗せたのかという疑問は、依然として、残るわけだろう？」

と、三上本部長はいった。

「朝倉や木下アキは、調布飛行場では乗らなかったんだと思います」

「乗らなかった？」

「そうです。だから、私もカメさんも気づかなかった。二人は前もって捕えられ、御岳山の山腹に運ばれていたのではないかと思います」

「なるほどな。ヘリは御岳山の中腹まで飛んでいって強行着陸した。その機体に、朝倉と木下アキを押しこみ、爆薬を仕かけて、爆破させたということか？

しかし、十津川君。ヘリとはずっと無線で連絡が取られていたんだろう？」

「そうです。爆発音がきこえ、無線が切れたので、ニューワールドではほかのヘリで探しに出発し、私とカメさんもヘリをチャーターして奥多摩に向かいました」

「現場に着いたのは？」

「三十五、六分後だったと思います」

「ヘリを強行着陸させ、爆薬を仕かけ、朝倉たちを機内にほうりこみ、爆破させ、逃げて姿を消す。そんなことが、三十五、六分でできると思うかね？」

と、三上本部長はきいた。

十津川は、苦笑した。

「不可能でしょうね」

「では、どう考えたら、いいんだ？」

「遊覧1号がもう一機あれば、可能だと思います」

と、十津川はいった。

「もう一機？」

「そうです。それならすべて可能です。もう一機を御岳山の中腹に、前もって強行着陸させておきます。多少、壊れてもいいわけです。そうして機内に爆薬を仕かけ、朝倉たちを、閉じこめておく。調布飛行場を飛び立ったもう一機のヘリが近づいた頃を見はからって爆発させる。これなら充分に可能なはずです」

と、十津川はいった。

「信じられないがね――」

「しかし可能ですし、一番、考えられる方法です」

と、十津川はいった。

6

パイロットの田口英夫、コンパニオンの井岡朱美、それに二人の乗客についての西本たちの捜査結果が、集まってきた。

田口は操縦の腕はいいが、女にだらしがなく、ギャンブルで借金も作っていて、妻から離婚を迫られていたが、慰謝料も払えなくて困っていた。

ただし、今年、採用された男で、五年前の事件とは関係がない。

井岡朱美は田口の紹介で採用されたのだが、二人はできていて、田口の離婚問題の原因でもあることがわかった。

中川利夫と大野博の二人は、共に、五年前までは、ニューワールドの前身、K土地開発の社員だった。

二人が、五年前のあの事故について、何かしっているかどうかは不明だが、事故の直後に、相ついで退職しているところをみると、何かをしっていたか、あるいは、何か噂をきいて嫌になって退社したことは、充分に考えられた。

ほかにも、五年前の事故の直後に退社した人間は、二人いたことが、確認された。

そのひとりは女子社員だった。

この二人の名前は、今井《いまい》良介《りょうすけ》（当時五十歳）と手嶋《てじま》あさみ（当時三十歳）である。

十津川は、この二人を捜させたが、見つからなかった。

「二人とも、行方不明です」

と、西本が報告した。

「行方不明になった時期は？」

「拳銃は、どうやって、手に入れたんだ？」

「今どきは、盛り場にいって、それらしい連中に、いくらでも金を出すから拳銃がほしいといって回れば、向こうから売りにきますよ」

と、早瀬は笑った。

「朝倉は、君に金なんか借りてないといってるぞ」

と、亀井がいうと、早瀬は笑って、

「あいつは、そういうでしょうね。こっちも、友だちだというので、借用証も取らずに、金を貸したんだ」

と、いった。

朝倉に対する尋問は、十津川も全力をあげた。

「君には、自分の置かれた立場が、よくわかっているはずだ。君は、奥野たちに、殺されようとしたんだよ。これからだって、口封じにまた狙われるぞ。すべてを自供し、われわれに協力してくれれば、連中を逮捕して、君を守ってやれる。それを考えてみたまえ。また、狙われてもいいのか？」

「――」

朝倉は、黙ってしまった。

まずいなと、十津川は思った。

朝倉は、早瀬と一緒に、何人もの人間を殺している。警察に協力して、奥野たちの逮捕に役立ったとしても、前の罪は消えはしない。

アメリカのように、日本の警察は、司法取り引きはできない。せいぜい、情状酌量を考えるぐらいのところだ。それだって、警察の仕事ではない。

朝倉はそのことを考えて、黙ってしまったのだ。奥野たちの罪を暴くことは、自分の罪も自供することになってしまう。

朝倉が、何人の人間を殺しているのかは、わからない。二人か、三人か、あるいはもっと多いのか。そうなら、極刑はまぬかれないだろう。

早瀬にしても、同じことなのだ。

朝倉に対する殺人未遂は、刑事たちの目撃があるから認めても、過去の殺人は自供しないのが、当然かもしれない。

直後の捜査会議は、苦渋に包まれたものになってしまった。

「早瀬は、殺人未遂で逮捕しましたが、朝倉と木下アキは、逮捕するだけの理由が見つかりません」

と、十津川は報告した。

「自分が命を狙われた恐怖と怒りから、奥野たちのことをすべて話すということにはならなかったのか？」

と、三上本部長が、眉をひそめて、きく。

「それを期待していたのですが、うまくいきませんでした。結局、自分が可愛いということとです」

「保険の話は、どうなったんだ？」

「保険といいますと？」

「朝倉や早瀬は、自分が消されないために、奥野たちの犯行を証明するようなものを誰かに預けてあるに違いないと、君はいっていたはずだ。それが見つかれば、朝倉や早瀬が協力してくれなくても、奥野たちを逮捕できるんじゃないのか？」

「そのとおりです。朝倉は、それを木下アキに預けていたと思われますが、彼女は奥野のほうについてしまったので、そうしたものは焼却してしまったと思われます。彼女のマンションを調べましたが、何も見つかりませんでした。早瀬は妻に預けてあると思いますが、それは彼が死ぬか、よほどの危険にさらされた場合に公《おおや》けにされることになっているようで、亀井刑事が早瀬の奥さんに会ってきましたが、何も預かっていないといわれたそうです」

「それで、結局、何もできずか？」

「現在、早瀬は殺人未遂で逮捕、朝倉と木下アキのほうは、重要参考人ということでとどめてありますが、朝倉と木下アキは、時間がきたら、帰さざるを得ないでしょう。今のところ、朝倉は被害者でしかありませんから」

「木下アキは、奥野から金をもらっているんだろう？」

「それも、確認したわけじゃありません」

「しかし、奥野の運転手は夜中に彼女のマンションにいって、封筒を郵便受に投げこむような怪しげな行動に出ているじゃないか」

と、三上がいう。

それに対しては、亀井が、

「確かにそのとおりですが、奥野の運転手に電話できいたところ、彼は、どこかでコンパニオンの木下アキを見て、一目惚れしてしまい、矢も盾もたまらず、ラブレターを郵便受に投げこんだのだといっています」

「馬鹿な！」

「しかし、それを嘘だと証明することもできません。確かに、封筒を投げこんでいますが、中身が一万円札だという証拠もないんです」

と、亀井はいった。

「それで、何もできないというわけか。手をこまねいて、見ているより仕方がないのかね？」

三上本部長は、腹立たしげにいった。

「早瀬は、殺人未遂で起訴できます」

と、十津川はいう。

「それだけか」

「ほかにも、期待を持てることもあります」

と、十津川は、慎重ないい方をした。

2

朝倉と木下アキの二人は、いろいろ理由をつけたとしても、これ以上の事情聴取は、困難だろう。

朝倉も木下アキも、あくまでも被害者の姿勢を崩していない。二人で、伊豆の温泉を楽しもうとしたのに、やきもちを焼いた早瀬に殺されかけたと、主張しているのだ。

朝倉は、五年前の事件との関係は否定したし、広川などの殺人についてもしらぬ存ぜぬを、主張し続けている。

十津川たちに、それに反駁するだけのものはない。

木下アキのほうも、奥野社長に金をもらって朝倉を裏切ったことは認めなかったし、あくまでも、恋人の朝倉に会いに熱川にきたのだといい張り、朝倉も、それを認めた。

どれもこれも、自己保身のための化《ば》かし合いなのだ。

「二人を自由にするまでの間に、どうするかを考えよう」

と、十津川は、亀井たちにいった。

「二人は、仲のいい男と女を演じていますが、朝倉は、実際には、彼女が自分を裏切って奥野に殺させようとしたことは、わかっているわけです。憎んでも憎み足りないでしょう。木下アキのほうは、署を出たら、いつ朝倉に殺されるかと、戦々恐々としているはずです。それに、朝倉には、奥野たちにまた狙われるのではないかという恐怖があるはずです。そうした彼等の感情と奥野たちの考えを、利用できればと思います」

「三日前です。突然、消えてしまったわけで、関係者は不思議がっています」

と、西本がいった。

十津川は、その一方で、ニューワールドが購入した三機のヘリについて、調べていった。

三機ではなく、実際にはもう一機、合計四機、同じヘリを購入していたのではないかということだった。

アメリカのベル航空機の日本総代理店から、ニューワールドは、先月の二十八日に、VIP用ビジネスヘリの新型を三機購入していた。

十津川は、その代理店にいき、実際に、ニューワールドが購入したのは、四機だったのではないかときいてみた。

日本人の社長は笑って、

「三機だけです」

「その後、新たに、一機追加購入したこともありませんか？」

「ありません」

と、社長はいう。

十津川は、当てが外れてがっかりしたが、思い直して、

「同じ頃、同じベル222型ヘリを購入した会社は、ありませんか?」

と、きいた。

「そうですね。二機、販売しています。沖縄《おきなわ》の観光会社と山梨《やまなし》の観光会社です」

「山梨のほうの会社を教えて下さい」

と、十津川はいった。

社長が、名刺を見せてくれた。それによれば、山梨県清里《きよさと》にある観光会社だった。

その会社に納入したヘリは、純白に塗装された機体だったという。

〈清里観光株式会社　取締役社長　山下康夫《やましたやすお》〉

と、名刺にはあった。

十津川は、亀井と、その観光会社を訪ねてみることにした。

清里高原の一角に、新しいリゾートホテル〈ニュー清里〉が、最近できあがった。収容人員六十人のこぢんまりした造りである。

このホテルの売り物が、ヘリによる遊覧飛行だった。

ホテルの近くに、ヘリポートが作られ、二人が訪ねた時、ヘリには、覆いがかけられていた。

ホテルのパンフレットを見ると、ヘリによる清里高原の遊覧と同時に、チャーターしてもらえば、東京から清里まで送迎するとあった。

十津川は、山下社長に会った。三十七、八歳の若い社長だった。

明らかに、警察がきたことに、戸惑いと不安を感じている様子に見えた。

「ヘリポートにあるヘリを、見せてもらいたいのですがね」

と、十津川はいった。

覆いを外してもらった。

青い機体が、現れた。

しかし、機体は塗装中になっている。よく見ると、元は白い機体だったのを、ブルーに塗り替えているのだ。

「だいぶ汚れたし、当社のイメージを新しくするために、青く塗装中です」

と、山下社長はいった。

「前は、どんな塗装になっていたのか、写真はありませんか？」

と、亀井がきくと、山下は、

「白でしたよ。一番平凡な色です」

というだけで、当時の写真を見せようとはしなかった。

十津川は、いったん、引き揚げることにした。山下が、何かを隠していると、確信したからである。

東京に戻った十津川は〈ニュー清里〉とニューワールド、元のK土地開発が、関係がないかどうかを、調べることにした。

もう一つ〈ニュー清里〉に泊まった人を捜し出し、元の塗装のヘリの写真を持っていないかをきくことにした。

十津川の予想は当たっていて、ニューワールドは〈ニュー清里〉に十億円の資金援助をしていたのである。

さらに〈ニュー清里〉に泊まったというカップルが見つかり、二人が撮った写真を、見せてもらうことができた。

そのなかには、ヘリの写真もあったが、その写真に写ったヘリは、純白で、しかも〈遊覧1号〉の文字が、機体に入っていた。興味深いことに、その字体も、黒い色も、機体に描かれた場所も、ニューワールドのヘリと同じだった。

もちろん、偶然とは、思えなかった。故意に、同じベル222型ヘリを購入し、同じ機体の色にして〈遊覧1号〉の文字を入れていたのだ。近くにあれば、奇妙に見られるだろうが、東京と山梨に離れていて、しかも、文字が〈遊覧1号〉では誰も怪しまなかったろう。

何が、この日に起きたのか、想像ができる。

まず〈ニュー清里〉のヘリが、御岳山めがけて飛んできて、その中腹に強行着陸する。機体は破損しただろうが、構わない。

たぶん、この行動は夜明け近くにおこなわれたであろう。

前もって、朝倉たち、K土地開発に都合の悪い男女六人を誘拐しておき、機体に押しこみ、爆弾をセットしておく。

調布飛行場からは、デモフライトということで、三機のヘリが飛び立った。

犯人たちは、そのなかの一機が御岳山上空に到着する時刻に合わせて、爆発を起こさせた。

調布飛行場から飛来したヘリは、そのまま、隣の山梨県の清里まで飛び、ホテルのヘリポートに着陸した。

それが、あのヘリポートで青に機体を塗り変えられていたヘリなのだ。

十津川は、ニューワールドのパイロット田口と、コンパニオンの井岡朱美の二人は死んでいるとは思っていない。

二人は、ギャンブルで借金を作り、不倫関係で悩んでいた。そこを会社につけこまれ、金で買収されて、自分たちが死んだことになるのを承知したのではないのだろうか？

二人の代わりに、ニューワールドにとって都合の悪い男女が殺された。とすれば、田口と井岡朱美の二人は死んだことになって、日本のどこかで生きているはずである。

二人にとっても、借金苦と、不倫の非難から逃げることができるので、自己抹消の道を選んだのではないか。

昔なら、自分のアイデンティティを失うことを恐れて、金で自分を売るような人はいなかったろうが、今は戸籍を失っても何とか生きていけるし、自ら望んでホームレスになる人もいるくらいである。

田口と井岡朱美も、金で自分を売ったに違いない。

捜査会議で、十津川はその推理を話したが、三上本部長は慎重に、

「証拠がほしいね。まだ二人が生きているという証拠だ。それがわかれば、二人の名前で誰が殺されたかわかるだろう」

と、いった。

「私も同感です」

と、十津川は珍しく本部長に賛成した。

十津川は、二つの方向で、捜査を進めることにした。

一つは〈ニュー清里〉のヘリである。十津川は、このヘリを押収《おうしゅう》すると同時に、山下社長を重要参考人として身柄を押さえることにした。

青に塗られたヘリは、薬品を使って洗浄され、もとの白い塗装が現れた。〈遊覧1号〉の文字もである。その字体や大きさが、ニューワールドの所有するヘリの文字とまったく同じものであることも、わかった。

そのことについて、十津川は山下社長を問いただした。

山下は、偶然だと主張したが、十津川たちは、さらに〈ニュー清里〉のヘリのパイロットを捜し出して、逮捕した。

名前は山口正夫《やまぐちまさお》で、三十二歳、独身の男だった。

十津川が、へたをすると大量殺人の共犯になるぞと脅すと、山口は狼狽し、次のように自供した。

事件の日、山口はヘリをひとりで操縦して、御岳山に向かって飛んだ。

なぜか、機体には〈ニューワールド〉の社名が新しく入っていたが、山口は別に不審は抱かなかったという。

彼は、御岳山の中腹まできたとき、地上で合図の旗が振られているのを確認し、山下社長に命じられていたように、機体を強行着陸させた。

その時、回転翼の一部が破損したが、地上で待っていた中年の男は「これでい い」といい、二百万円の現金を渡してくれた。

山口は、その金を持って、山下社長にいわれたとおり、すぐ現場を離れた。そのあとで、何がおこなわれたかはしらないと、証言した。

山口のこの自供を示して再度、尋問すると、山下社長もやっと真相を話すことになった。

山下は、K土地開発から十億円の借金をしていたため、奥野社長の依頼にしたがわざるを得なかったのだという。

「まさか、殺人事件になるとは思わず、引き受けたんです」

と、山下はいった。

奥野にいわれるままに、遊覧用のヘリ（ベル222型）を購入し「遊覧1号」と、命名した。

「字体や字の大きさまで指定されたので、変だとは思ったんですが」

「それで、事件の日に、ニューワールドの社名も書き加えて、御岳山に向かって飛ばせたんですね？」

と、十津川はきいた。

「そうです。やったのはそれだけです」

「しかし、同じ日に、ニューワールドの同型のヘリが飛んできたはずです」

「そうなんです。奥野さんは、すぐ電話してきて、青に塗り変えるようにいってきたんです」

「そのヘリを操縦してきたのは、どんな人間でした？」

と、十津川はきいた。

「名前はききませんでしたが、操縦席にいたのは中年のパイロットと若い女でしたよ」

「この連中ですか？」

と、十津川は、田口と井岡朱美の写真を、山下に見せた。

「パイロットのほうは、サングラスをかけていたので、似ているとしかいえませんが、女のほうは、写真の女に間違いありません」

と、山下はいった。

「そのあと、二人はどうしたんですか？」

と、十津川はきいた。

「タクシーを呼んでくれというので、呼びました。それに乗って出ていきましたが、行き先はしりません。何もきくなと、ニューワールドの奥野社長にいわれていましたから」

と、山下はいった。

7

十津川たちは、そのタクシーが個人タクシーであることを確かめ、運転手の関《せき》川健太郎《かわけんたろう》を摑まえることができた。

五十歳の関川は、十津川たちに向かって、

「長野《ながの》県の上山田《かみやまだ》温泉まで乗せていきましたよ」

「そこまで、われわれも運んでほしい」

と、十津川は頼んだ。

車のなかできくと、男のほうは、茶色い革のボストンバッグを大事そうに抱えていた。そのなかに、奥野社長からもらった札束がぎっしりつまっていたのではあるまいか。

清里から上山田まで、直線距離ならそれほどないが、二人を乗せたタクシーは、数時間かけて、やっと着いた。

すでに、夜になっていて、温泉街には、眩《まば》ゆく明りが点《とも》っている。

「あの日も、こんな時間になっていましたよ」

と、運転手はいい、十津川たちを、Rというホテルの前まで案内した。

このホテルに入ったという。

十津川と亀井はロビーに入り、フロントで警察手帳を見せてから、係の人間に、田口と井岡朱美の写真を示した。

ひょっとすると、ほかへ移ってしまったかもしれないと危惧したが、フロント係は、今日もまだ泊まっているといった。

十津川と亀井は、ほっとしながら、二人のいる部屋をきいた。

二人は、このホテルで、一泊二十万もする特別室に偽名で泊まっていた。

十津川と亀井は、エレベーターで十階にあがり、特別室のドアを叩いた。

ルームサービスで、フランス料理やシャンパンを注文していた田口が、何の疑いも持たずに、ドアを開けた。

十津川が、その鼻先に、警察手帳を突きつけた。

＊

ニューワールド株式会社は、あっという間に崩壊した。奥野社長以下の幹部たちが、根こそぎ、殺人容疑で、逮捕されてしまったからである。

マスコミは、五年前の事件と今回の事件を、前代未聞の大量殺人と書き立てた。

十津川と亀井は、マスコミへの対応を、三上本部長に任せて、奥多摩に向かった。

ヘリが爆破され、六人の生命《いのち》が奪われた現場は、機体の破片も、ばらばらに吹き飛ばされた死体も片づけられ、焦げた焼け跡だけが、あの日の惨事を伝えていた。

間もなく、このあたりにも、雪が降るだろう。

東京では、一番最初に、雪が降るのではないだろうか。

二人は、持ってきた小さな花束を、焼けた地面に置いた。

「ああ」

と、急に、亀井が声を出して、

「猿の啼き声がしましたよ。このあたりにも野猿が、いるんですね」

（この作品はフィクションで、作中に登場する個人、団体名など、全て架空であることを付記します。）

本書は二〇〇六年四月、文藝春秋より刊行されました。

双葉文庫

に-01-107

猿《さる》が啼《な》くとき人《ひと》が死《し》ぬ

2022年9月11日　第1刷発行

【著者】
西村京太郎《にしむらきょうたろう》

【発行者】
箕浦克史
【発行所】
株式会社双葉社
〒162-8540 東京都新宿区東五軒町3番28号
［電話］03-5261-4818(営業部)　03-5261-4831(編集部)
www.futabasha.co.jp（双葉社の書籍・コミックが買えます）
【印刷所】
大日本印刷株式会社
【製本所】
大日本印刷株式会社
【カバー印刷】
株式会社久栄社

【フォーマット・デザイン】
日下潤一

ISBN978-4-575-52596-0 C0193
Printed in Japan

双葉文庫